# HÉLA ET LES QUATRE ROYAUMES

FLEURUS

Design et illustration de couverture : Mina M
Design du logo-titre : SKGD-Création

Direction : Guillaume Pô
Direction éditoriale : Sarah Malherbe
Édition : Estelle Mialon et Raphaële Glaux, assistées de Vanessa Canavesi
Composition : SKGD-Création
Correction : Catherine Rigal
Direction de fabrication : Thierry Dubus
Fabrication : Axelle Hosten et Sonia Romeo


www.fleuruseditions.com
ISBN : 978-2-2151-3611-8
MDS : 592602

MARIE-LINE BRAULT

# HÉLA ET LES QUATRE ROYAUMES

FLEURUS

# Partie 1

## Les Corbeaux et les Dragons

# Chapitre 1

## N'oublie pas

— Halte-là !

Le bruit d'un fouet qui claque tira Héla de sa torpeur. On n'entendait plus les sabots des chevaux. La calèche devait s'être arrêtée.

Épuisée, la jeune fille aux longs cheveux bruns se redressa dans l'obscurité de la voiture, fermée par de lourds rideaux noirs. Le voyage entre le royaume des Corbeaux et celui des Dragons lui avait paru interminable.

Elle plissa les paupières, surprise d'avoir encore des larmes à retenir. Combien en avait-elle versé depuis le jour où on leur avait annoncé, à elle et à sa famille, la nécessité absolue de cet « échange commercial » ?

Ce matin-là, sa mère l'avait serrée contre elle à lui en broyer les côtes, sa petite sœur avait été inconsolable et même son père, si stoïque d'ordinaire, lui avait semblé vieillir d'un coup.

La terreur qu'inspirait le peuple Dragon était légendaire : ces soldats, féroces et sanguinaires, tenaient en respect la plupart des royaumes de la région, qui les craignaient comme la peste. Rares étaient ceux qui avaient osé ouvertement leur résister. Ils n'étaient d'ailleurs plus là pour en parler.

Longtemps, Dragons et Corbeaux s'étaient mené la guerre, jusqu'à ce qu'un accord soit trouvé. La paix en échange de la connaissance, de la science, du savoir. Médecine, mécanique… Les Corbeaux devaient continuellement se surpasser pour découvrir davantage, pour avoir quelque chose à offrir. C'était le prix à payer pour survivre.

Et, de temps à autre, les Dragons avaient besoin de satisfaire un caprice. C'était leur manière de montrer qu'ils étaient toujours les plus forts, et d'asseoir chaque fois un peu plus leur pouvoir.

Aussi, lorsque ces derniers avaient exigé une fille de haute naissance, tout juste majeure, pour épouser un de leurs princes, le peuple des Ailes-Noires n'avait-il pas hésité. Les Dragons avaient envoyé trois émissaires chargés de sélectionner les filles à marier les plus « qualitatives » du royaume. Après un entretien avec les familles, ils avaient désigné celle qui aurait l'honneur de devenir la femme du prince Erebe.

C'était tombé sur Héla, qui venait de fêter ses dix-huit ans et qui depuis s'était souvent répété, désespérée : « Pourquoi moi ? »

Jusqu'à ce jour funeste, Héla avait considéré que sa vie était simple et heureuse, faite de lectures, d'étude, de chevauchées dans la campagne et d'amitiés tranquilles. Bien sûr, elle avait déjà reçu bon nombre de compliments sur sa beauté, mais elle était surtout sensible à ceux portant sur son intelligence ou son esprit logique. Elle savait que ses yeux noisette se cerneraient de rides un jour, que sa belle peau dorée se plisserait sous les effets du temps. Ses connaissances, elles, s'aiguisaient de jour en jour.

Élevée par des parents bienveillants et ouverts sur le monde, elle avait toujours pensé qu'elle serait libre de décider de sa vie, de son avenir, de ses amours.

Mais ses certitudes avaient été balayées. On lui imposait une union arrangée, un mari, une nouvelle existence loin de chez elle.

Même la plus romantique de ses camarades ne l'aurait pas enviée. Elle allait épouser un prince, certes, mais un prince

Dragon. Pour tout l'or du monde, aucune d'entre elles n'aurait souhaité se rendre dans ce royaume.

Un coup violent contre la portière la ramena à la réalité. Le moment tant redouté était arrivé.

– Allez, dehors, cria une voix brutale.

La jeune femme serra les poings à s'en incruster les ongles dans les paumes.

Elle repensa à sa mère, penchée sur elle la veille de son départ, séchant des pleurs qui ne tarissaient jamais. « Sois douce, modeste et soumise, montre-leur ce qu'ils veulent voir, mais n'oublie jamais qui tu es. Tu es Héla Deildegast, fille Corbeau, et tu vaux plus que toutes les créatures vivantes de leur royaume maudit. »

Rassemblant son courage, Héla sortit dans la lumière déclinante du jour. Ses souliers de velours foulèrent la poussière d'une immense cour en terre battue. Face aux grandes portes qui se dressaient devant elle, Héla ne put s'empêcher de se sentir minuscule. Le château fort, rustique et imposant avec ses pierres massives, semblait aussi vieux que le monde lui-même.

– Plutôt impressionnant, hein ? C'est pas dans vot' cité d'Ailes-Noires qu'on verrait ça, j'en suis sûr.

La jeune femme posa les yeux sur le soldat en uniforme qui la toisait avec ironie, négligemment adossé au carrosse.

Les deux malles qu'elle avait emportées avec elle se trouvaient à ses pieds.

– En effet, nous n'avons rien de comparable, répliqua Héla sans se démonter. Néanmoins, nos constructions sont...

– Cause toujours, fillette. Ma mission c'est de te conduire à ta chambre, et j'ai pas que ça à faire aujourd'hui.

Il lui fit signe d'avancer. La Corbeau hésita.

– Qui êtes-vous, au juste ? demanda-t-elle, méfiante.

L'homme eut un rire bref avant de la scruter froidement.

– Mélanio, pour vous servir. Un des hommes de Claus... pardon, du prince Claus, rectifia-t-il en mimant une révérence.

Héla ne répondit rien. Le militaire se méprit sur son silence et prit l'émotion de la jeune fille pour de l'ignorance.

– On ne vous a vraiment rien expliqué ? Le roi Géryon a trois fils, articula-t-il en insistant sur chaque mot comme s'il s'adressait à une enfant. L'aîné, Claus, est le prince héritier, notre futur souverain. Le deuxième, c'est celui que vous allez épouser, Erebe, un bon soldat qui a fêté son vingtième printemps il y a peu. En dernier vient Hermien. C'est encore une brindille, et une vraie femmelette avec ça. Voilà ! Vous en savez assez pour ne pas vous tromper de lit le soir de votre nuit de noces.

Héla frémit ; si Erebe était aussi délicat que cet homme, il n'était pas près de poser la main sur elle.

Elle chercha des yeux une âme charitable disposée à la guider dans ce nouveau royaume, mais les quelques domestiques qui s'affairaient près de la calèche l'ignoraient ostensiblement.

Sauf ce jeune garçon, là-bas, qui l'observait à la dérobée, à moitié dissimulé derrière un des rares arbres de la cour…

– Alors, ma jolie, c'est pour aujourd'hui ou pour demain ? l'interpella Mélanio qui s'impatientait.

– Pardon ! Je vous suis.

Héla lança un coup d'œil derrière elle. Le garçon avait disparu.

Le cœur lourd, elle se laissa conduire vers ses appartements. Après de longues minutes de marche dans un dédale de couloirs sombres et inhospitaliers, le soldat, qui n'avait pas décroché un mot de toute la promenade, posa ses bagages à terre sans aucune délicatesse.

– Voilà, c'est là. La clé est sur la porte. Je vous conseille de vous y enfermer à double tour. On ne peut jamais trop savoir ce qui se passe ici la nuit…

Héla pâlit et sa main se crispa sur la clé.

– Ha ! ha ! Si vous aviez vu vot' tête, ricana Mélanio. Vous croyez vraiment qu'un de nos gars oserait toucher la fiancée du prince ?

Sans autre formule d'adieu, le soldat s'en fut avec un rire gras. La jeune femme l'entendit s'esclaffer encore une minute après son départ.

« Bon ! se consola-t-elle. Je suppose que, pour une première rencontre, ça aurait pu être pire. » À sa grande surprise, quand elle eut poussé la lourde porte – non sans difficulté –, elle découvrit une chambre à coucher propre disposant de tout le mobilier nécessaire.

Pourtant, à en juger par l'accueil qu'elle avait reçu, elle n'aurait pas été étonnée d'être logée dans une cellule !

Après avoir posé la plus petite de ses valises sur le lit, elle sortit rapidement quelques vêtements, dont un vieux châle blanc qu'elle mit prestement autour de ses épaules. Il avait l'odeur réconfortante de sa petite sœur. Eir dormait avec chaque nuit depuis sa naissance et avait tenu à le lui donner pour son départ.

Héla jeta ensuite un regard à sa seconde malle, pleine à craquer. Elle ne se sentait pas la force de la défaire tout de suite, alors elle se roula en boule sur le lit et ferma les yeux, enveloppée dans l'étoffe douce et usée.

L'espace d'un instant, elle s'imagina de retour dans sa chambre, à Nygard…

Père est en bas, en train de préparer le dîner. Mère rentre tout juste du laboratoire, les cheveux couverts de cette poudre colorée qui la fait passer pour une charmante excentrique. Elle partage avec enthousiasme ses progrès sur son dernier projet avec ses deux filles, mais Eir n'écoute que d'une oreille, occupée à tresser une couronne pour la Fête de la Luzerne qui approche…

Toc-toc-toc !

Trois coups secs frappés à la porte la tirèrent de ses rêveries. Héla essuya ses yeux humides avant d'inspirer un grand coup. « Sois douce, modeste et soumise, montre-leur… »

Elle se murmurait encore le reste du mantra lorsqu'elle ouvrit la porte.

# Chapitre 2

## Un dîner mémorable

Sur le seuil, Héla découvrit une petite femme sans âge, au visage fermé et au regard froid. Ses cheveux bruns, parsemés de mèches blanches, étaient sèchement tirés en un chignon dont pas une mèche ne dépassait. Elle portait ce qui semblait être un uniforme : une longue robe marron taillée grossièrement aux chevilles, qui disparaissait sous un tablier aussi usé que sa propriétaire.

La femme prit la parole avant même que la porte soit totalement ouverte, de la voix monocorde qui allait avec sa personne.

– Je m'appelle Hestia. Je viens vous aider à vous préparer pour le dîner. Nous avons peu de temps devant nous, je vous demanderai donc d'être efficace. En tant que future compagne royale, le prince Erebe attend de vous ponctualité et rigueur, et j'entends faire en sorte qu'il soit satisfait. Votre rôle sera cependant très simple : donner quelques héritiers mâles à votre époux. Une fois votre mission accomplie, vous pourrez mourir en paix. En attendant, considérez que vous devrez composer avec moi.

Héla n'eut pas le temps de comprendre ce qui lui arrivait que la dame de compagnie s'affairait déjà dans la chambre. Ces lieux lui étaient familiers, c'était évident. Elle sortit différents vêtements d'une armoire et se tourna vers la future princesse.

– Eh bien, pressez-vous !

Vingt minutes plus tard très exactement, Héla descendait un des nombreux escaliers du château afin de rejoindre sa nouvelle « famille » pour le souper. Elle aurait aimé en profiter pour découvrir les lieux, mais sa guide avançait d'un pas si rapide que la jeune Corbeau avait du mal à se maintenir à sa hauteur. Pas question de se perdre ou d'arriver en retard le premier soir ! « Tant pis, se dit-elle avec amertume. Après tout, j'ai la vie entière pour explorer cet endroit. »

Elle devait bien reconnaître qu'Hestia s'était donné du mal. Après avoir soigneusement brossé son épaisse chevelure, la vieille femme avait réalisé des nattes qu'elle avait nouées en un chignon presque parfait.

La robe que portait Héla était grise, à peine plus élégante que celle d'Hestia, agrémentée de liserés argentés aux poignets et en bordure du décolleté. Un lien de cuir lui ceinturait la taille, mais la tenue restait confortable et Héla se sentait libre de ses mouvements – c'était déjà ça.

Les deux femmes parvinrent devant une porte en bois massif qui s'ouvrit devant elles. Hestia s'effaça. La jeune fille s'efforça de calmer son souffle irrégulier et pénétra dans ce qui ressemblait à l'antre d'un démon inconnu.

La décoration de la salle à manger était sobre, à l'image du reste du château. Quelques trophées de chasse aux murs, des portraits d'hommes en armure, un grand feu dans la cheminée malgré les températures printanières au-dehors. L'atmosphère était étouffante.

En s'approchant, Héla découvrit une scène saisissante. Une fresque immense ornait le mur de pierre au fond de la salle. Le peintre y avait représenté le roi des Dragons. Démesurément grand, une épée dans une main et une énorme hache de guerre dans l'autre, il menait ses troupes en armure de fer-blanc, un dragon sculpté sur le plastron. On percevait toute la vanité de la royauté rien qu'en l'observant.

Pour finir, Héla baissa les yeux sur la table gigantesque, unique meuble de cette pièce, et sur les convives installés autour, à bonne distance les uns des autres.

« Comment font-ils pour discuter ? » s'étonna-t-elle.

Tout au bout, Héla reconnut Géryon, le roi-soldat de la fresque. L'homme dévorait une pièce de viande sans se soucier le moins du monde de l'arrivée de la future princesse. Même assis, il avait l'air très grand. Ses épaules étaient larges et ses mains, semblables à des battoirs. Malgré la grosse barbe grise qui dévorait son visage lourd aux paupières tombantes, tout en lui respirait la vigueur et l'emportement. Un lion. Voilà à quoi il ressemblait.

À sa gauche se tenaient ses trois fils. Le plus proche du roi était un homme grand et maigre. Claus, à n'en pas douter. Héla lui donnait environ vingt-cinq ans. Son visage était glabre, ses lèvres fines et son nez busqué. Contrairement à son père, il la fixait tout en mangeant, le regard brillant d'un éclat froid et métallique. Et son sourire ! C'était celui d'un chasseur devant sa proie, se dit la jeune femme. Plus carnassier qu'amical. Elle en eut des frissons.

Mal à l'aise, elle se sentit instinctivement rebutée par cet homme. Une femme était assise en face de lui, la seule de l'assemblée. Son épouse, assurément. Pauvre princesse !

Héla ressentit une bouffée de compassion. La jeune fille aurait préféré sauter des remparts plutôt que de se retrouver mariée à un homme comme celui-là.

La femme croisa son regard avant de baisser aussitôt les yeux. Sa fourchette tremblait tandis qu'elle la portait à sa bouche. À l'évidence, elle avait été belle, mais la vie avec Claus l'avait durement marquée. Son visage était triste, son regard éteint.

Au côté de Claus, eh bien… ce devait être Erebe. Le jeune homme gardait les yeux obstinément posés sur son assiette. Héla n'aurait même pas su dire s'il avait levé la tête à son arrivée.

Pour ce qu'elle en voyait, il était beau. Cheveux bruns bouclés, plutôt élancé… Il aurait plu à Eir. Elle, en revanche, ne sentit pas d'émoi particulier.

Le dernier de la fratrie, qui l'observait avec une curiosité non dissimulée, devait donc être Hermien. Dès que leurs regards se croisèrent, il piqua un fard et plongea la tête dans son assiette. C'était lui, le jeune garçon qu'elle avait aperçu dans la cour. Ses longs cheveux bruns étaient reconnaissables entre mille.

Héla ne put s'empêcher de lui sourire.

– Vous êtes en retard, l'apostropha son futur beau-père. Puis-je savoir ce que vous trouvez de comique à ce constat ?

On m'avait vanté votre bonne éducation… J'aurais dû me renseigner davantage avant de vous promettre à mon fils.

Héla se mordit l'intérieur de la joue pour s'empêcher de riposter. « Sois douce, modeste et soumise, montre-leur ce qu'ils veulent voir… »

La jeune femme releva le menton et répondit avec douceur :

– Loin de moi l'idée de vous offenser, monseigneur. Je suis navrée de vous avoir fait attendre. Je ne faisais qu'exprimer la joie de cette rencontre, puisque nous n'avons pas encore eu le plaisir d'être présentés.

« Prends ça, roi Géryon. Ça t'apprendra à ne pas accueillir comme il se doit ta future belle-fille… »

Géryon la jaugea de l'œil et sourit sans répondre, tout en se resservant une impressionnante cuisse de volaille.

Quand il reprit la parole après quelques instants de silence, son sourire avait disparu.

– Asseyez-vous et mangez.

Héla ne se le fit pas dire deux fois. Elle prit place face à Erebe, à côté de sa future belle-sœur qui mettait un point d'honneur à ne surtout pas croiser son regard.

Au bout de quelques minutes suspendues, durant lesquelles on n'entendit que des bruits de fourchette et de mastication, le roi reprit la parole d'une voix forte, faisant sursauter Héla.

– Ici, on attend de nos femmes qu'elles restent à leur place. Je vous souhaite d'apprendre rapidement nos usages. Celles qui n'y arrivent pas ont peu de chance d'avoir un avenir heureux chez les Dragons, et il est hors de question que je donne à mon fils une Aile-Noire trop arrogante pour tenir sa langue. Votre union aura lieu à la prochaine lune, comme tous les mariages royaux. Vous avez trois semaines pour parfaire votre tenue.

La menace n'était même pas dissimulée. Héla sentit une goutte de sueur perler le long de son dos. Dieux, mais pourquoi faisait-il si chaud dans cette pièce ?

Elle s'efforça de respirer calmement et répondit en gardant les yeux baissés :

– Je vous demande pardon, monseigneur. Je viens d'arriver et je ne connais rien de vos coutumes. Je ferai tout pour être digne de l'honneur que vous avez fait à ma famille en me choisissant…

Elle releva la tête et soutint le regard du monarque.

– Toutefois, si mon caractère vous déplaît, peut-être eût-il été plus avisé de choisir une prétendante sincère pour votre fils, et non d'arracher une jeune fille innocente à sa famille et à son foyer.

Claus faillit s'étouffer. Son père n'eut même pas le temps d'ouvrir la bouche que le prince aîné prit brusquement la parole.

– Comment oses-tu, Aile-Noire ? Estime-toi heureuse de ne pas être ma promise. Je t'aurais déjà rossée d'importance pour t'apprendre à qui tu t'adresses ! Demande donc à Moïra si je suis un bon professeur.

L'aîné de la famille fit mine de se lever pour joindre le geste à la parole, tandis que sa pauvre épouse se recroquevillait sur sa chaise. Erebe se plaça instantanément sur le chemin de son frère.

– Arrête.

Le prince héritier fulminait. Comme son frère ne le lâchait pas des yeux, il se rassit lentement avec une moue de dédain profond.

Erebe se pencha face à Héla.

– Je vous présente mes excuses. Je peux vous assurer que vous n'avez rien à craindre de moi ni de quiconque dans ce royaume.

Il laissa glisser un regard entendu vers son frère, qui ricana avec morgue.

– Si vous souhaitez regagner votre chambre… Un garde va vous y conduire.

Héla, au bord des larmes, comprit qu'il s'agissait d'un ordre déguisé. Tant mieux. Elle n'avait qu'une envie, quitter cette pièce ! Pas question de se mettre à pleurer devant

Claus. Ç'aurait été avouer sa faiblesse, même si elle ressentait surtout du mépris et du dégoût.

La jeune femme se leva avec calme, profitant de ces quelques secondes pour reprendre contenance avant d'incliner la tête en direction des convives.

– Merci pour ce repas, Vos Majestés.

La chaleur qu'elle perçut sur le visage d'Hermien lui rappela que tout n'était pas perdu. Néanmoins, le retour à ses appartements fut lugubre.

La domestique garda le silence, et Héla lui en fut presque reconnaissante. Elle n'aurait pas eu la force de tenir une conversation tant elle était concentrée sur la nécessité de réprimer ses larmes.

Ce n'est qu'une fois dans sa chambre, après avoir fermé la porte à double tour, que la jeune fille s'autorisa enfin à pleurer.

# Chapitre 3

## Un nouvel ami

Les deux jours suivants se ressemblèrent beaucoup. Héla eut l'impression qu'une nouvelle routine était en train de s'instaurer malgré elle.

Hestia la réveillait à l'aube pour l'aider à se laver et à s'habiller « selon les usages ». La future princesse essayait de lui poser quelques questions, mais la femme ne lui disait que ce qu'elle estimait utile pour tenir son rang dans ce royaume, c'est-à-dire pas grand-chose.

Le dîner était le moment que la future princesse redoutait le plus. Erebe ne lui avait plus adressé la parole une seule fois, et elle passait le repas à redouter les moqueries blessantes du roi ou de Claus.

La plupart du temps, cependant, les deux hommes l'ignoraient, occupés qu'ils étaient à se rappeler leurs batailles passées. La jeune Corbeau ressortait de ces soirées extrêmement tendue et plus solitaire que jamais.

Elle avait bien tenté de se rapprocher de sa future belle-sœur, puis d'autres femmes de la cour, mais toutes semblaient avoir peur de leur ombre et évitaient ses questions. Leur compagnie n'était donc pas des plus agréables, même si Héla se gardait bien de les juger.

Le matin du troisième jour, la jeune fille décida, pour se changer les idées, de se rendre aux écuries. Elle aimait beaucoup les chevaux ; elle songea qu'elle puiserait du réconfort auprès d'eux.

En s'approchant d'un magnifique étalon blanc, Héla entrevit du coin de l'œil une silhouette dans le box voisin. Hermien !

Résolue à apprivoiser le jeune garçon, elle fit comme si elle ne l'avait pas remarqué. Elle prit une brosse dure et commença à panser le cheval. En même temps, elle lui parla, lui raconta les souvenirs de son royaume, lui décrivit sa sœur, sa mère – tout en se doutant qu'Hermien n'en perdait pas une miette.

Après avoir pris soin de l'animal, Héla lui dit de manière claire et sonore qu'elle reviendrait le lendemain à la même heure puis elle partit sans se retourner, se surprenant à fredonner gaiement sur le chemin du retour.

Pourvu que le jeune garçon apprécie son tact ! Elle ne voulait surtout pas le brusquer.

Quand elle revint le lendemain, à la même heure, Hermien était là. Elle ne le vit pas, mais elle sentit sa présence. Héla brossa le même cheval, lui raconta de nouvelles anecdotes sur sa vie d'avant, et, ce faisant, elle sentit sa peine s'alléger. Sa solitude lui parut moins lourde à porter.

La jeune fille s'adressa directement à Hermien le surlendemain, mais sans se retourner, pour ne pas l'impressionner.

Elle lui demanda simplement s'il voulait se joindre à elle pour s'occuper du cheval. Il ne répondit rien et, pendant quelques secondes interminables, Héla se dit qu'elle avait tout gâché.

Puis le prince saisit une brosse et la rejoignit sans un mot.

Héla avait vite compris qu'Hermien n'était pas bavard. Il valait mieux éviter de poser certaines questions, surtout lorsqu'elles avaient trait à son père ou à son frère.

Les émotions passaient sur le visage de l'adolescent comme des nuages dans le ciel. Ses yeux, très expressifs, parlaient pour lui mieux qu'il ne pouvait le faire ; aussi farouches que ceux d'un animal sauvage, mais pleins de douceur et de gentillesse.

Pour la jeune Corbeau, qui s'était sentie si seule jusqu'à présent, son sourire était le plus doux des réconforts.

Les jours suivants, ils continuèrent de se retrouver à l'écurie. Héla lui parla des animaux qui peuplaient son ancien royaume, des paysages qu'on pouvait admirer là-bas, des arts qu'on y pratiquait. Hermien lui en apprit un peu plus sur les usages des Dragons.

Huit jours étaient passés depuis son arrivée, et Héla entrevoyait enfin la possibilité d'un bonheur, même infime, dans ce château tant détesté.

# Chapitre 4

## Agir ou non ?

Le matin suivant, la future princesse trouva les écuries en proie à une grande agitation. Le bâtiment grouillait de soldats, qui sellaient les chevaux à la hâte en s'interpellant bruyamment.

La jeune femme songea à faire demi-tour, mais… si Hermien l'attendait à l'intérieur ? Elle se refusait à l'abandonner. Elle inspira donc un grand coup et pénétra dans l'antre.

Les premiers mètres furent difficiles. Elle esquiva de justesse un militaire qui avançait sans regarder devant lui, les bras chargés de couvertures, et dut même faire un écart pour éviter le crachat d'un cavalier.

« Jamais Hermien ne se serait attardé dans un endroit pareil », finit-elle par se dire.

Soudain, elle entendit des hurlements dans l'un des boxes du fond. Son sang se glaça. Ces cris n'étaient pas des cris de douleur, mais de rage pure. Une intuition macabre lui souffla immédiatement qui en était l'auteur et, bien que son bon sens lui criât de faire demi-tour, elle ne put s'empêcher d'avancer.

Le spectacle qu'elle découvrit en arrivant devant la stalle d'où provenaient les cris lui serra la gorge.

Claus était là, comme elle l'avait deviné. Cravache à la main, il s'acharnait sur le bel étalon blanc qui s'était couché contre le mur du fond, coincé, pliant sous la violence des coups.

La scène sembla se dérouler au ralenti. Le fouet qui s'abattait encore et encore, le regard fou de Claus, la veine qui battait sur son front, ses joues cramoisies par la colère.

Mais il y avait pire : Erebe, à moins d'un mètre du drame, l'observait sans intervenir, sans rien faire du tout. Attendait-il simplement que son frère se *fatigue* ?

Héla en eut le vertige. Cet homme allait devenir roi. *Son* roi.

Les hennissements de douleur de l'étalon la ramenèrent brutalement à la réalité.

– Arrêtez, je vous en supplie ! cria-t-elle en faisant un pas en avant, décidée à s'interposer.

L'homme ne ralentit pas pour autant. Il ne tourna pas même la tête vers elle.

Héla s'approcha davantage, criant plus fort, mais Erebe l'attrapa par les épaules et la tira en arrière.

– Que faites-vous ? s'insurgea-t-elle. Ce n'est pas moi qu'il faut retenir, c'est votre frère ! N'avez-vous donc pas de cœur ?

Plus elle se débattait, plus il serrait son étreinte. La voix du jeune prince retentit alors, froide, sèche, encore plus dans un contexte pareil.

– Si ce n'est pas sur un cheval, sa colère se déchaînera sur un de ses hommes, madame. Il faut parfois accepter de moindres sacrifices pour protéger la majorité.

La jeune femme tourna la tête et soutint son regard.

– Non, justement. Votre rôle est de veiller sur le royaume au complet. Minorité comprise !

Erebe n'eut pas le temps de répliquer : Hermien, lancé à toute bride, se jeta sur son frère aîné, attrapa le bras qui tenait encore le fouet plein du sang de l'animal et s'y cramponna comme si sa vie en dépendait.

Claus s'en trouva désarçonné, un instant seulement. Il se reprit bien vite et tenta de frapper son jeune frère pour lui faire lâcher prise. Une chance que celui-ci se fût positionné de manière à se protéger. On sentait qu'il avait l'habitude d'encaisser des coups… Cette pensée serra la gorge d'Héla.

– Hors de ma vue, misérable ! éructa Claus.

Ivre de rage, il amorça un geste vers la dague qu'il portait à la ceinture. Mais avant qu'il ait pu l'effleurer, Erebe lui avait saisi l'autre bras.

Héla ne remarqua même pas qu'il l'avait lâchée. Tout s'était passé en une fraction de seconde.

– Il est temps de partir. Tes hommes t'attendent.

La poigne d'Erebe était ferme. Claus tenta de résister, en vain. Après quelques secondes d'un duel interne, il acquiesça d'un signe du menton, essuya la sueur qui baignait son front et s'en alla sans un mot, d'un pas peu assuré.

Hermien, sans un regard pour ses frères, se précipita auprès du cheval pour l'examiner.

Erebe se tourna vers Héla, qui tremblait, encore sous le choc. Il fit un geste vers elle… puis se ravisa. À la place, il la salua et suivit son aîné.

En passant près d'elle, il lui glissa néanmoins :

– Avec un homme comme Claus, madame, on ne peut pas sauver tout le monde.

Tandis que les hommes de main de son futur époux et de son beau-frère quittaient l'écurie dans un silence glacial, Héla s'agenouilla au côté d'Hermien et lui passa la main dans le dos.

Ensemble, ils soignèrent le cheval blessé puis veillèrent sur lui à tour de rôle jusqu'au dîner. Impossible d'expliquer à Géryon qu'il leur fallait sauter un repas pour prendre soin d'un animal. Le monarque leur aurait ri au nez.

À table, ils apprirent que les princes aînés étaient partis « régler des problèmes » dans une tribu nomade. Pas besoin d'être devin pour comprendre comment ils allaient s'y prendre… Héla frémit en revoyant les lourdes armes qu'avaient emportées les soldats.

Au moins, le souper eut le mérite d'être calme, avec pour seule compagnie le vieux roi et la femme de Claus (qui osa même manger un peu plus que d'habitude, libérée du joug de son mari).

Géryon fit une nouvelle fois le récit de la grande bataille qui avait inspiré la fresque monumentale de la salle à manger.

Héla dut se retenir de lever les yeux au ciel. Elle l'avait déjà entendu à trois reprises depuis son arrivée…

Le lendemain, le cheval semblait hors de danger.

Les deux amis se retrouvèrent dans son box, partagés entre soulagement et émotion.

– Il faudrait lui trouver un nom, proposa Héla. Ce n'est plus n'importe quel animal, maintenant. Nous avons un lien spécial avec lui.

Hermien eut l'air surpris, mais l'idée lui plut.

– À quel nom penses-tu ?

– Je te laisse choisir. Je ne connais pas assez votre royaume, je risquerais de commettre un impair sans le savoir.

Le jeune garçon réfléchit un instant. Il semblait prendre sa mission très au sérieux.

– Que penses-tu d'« Arion » ?

– C'est très joli ! Adjugé, dit Héla avant de s'adresser au cheval. Bonjour, Arion. Sache que tu nous as fait une belle peur.

Au moment où un rayon de soleil se glissait à travers la toiture mal isolée, Héla se leva et fit une révérence à l'animal, ce qui fit glousser Hermien.

– Tu sais quoi ? reprit la future princesse. Quand j'ai appris que j'allais devenir l'épouse de ton frère, je me suis vraiment demandé comment j'allais m'en sortir. Parmi toutes les femmes de mon royaume, je pense que j'étais la moins indiquée pour remplir ce rôle. Je rêvais si peu au mariage...

J'ai trouvé ça étrange, d'ailleurs, que ton père ne prenne pas plus de précautions pour connaître celle qu'il avait choisie.

Soudain, elle se rendit compte qu'Hermien s'était rembruni. Les yeux baissés, il triturait avec acharnement un brin de paille.

– Excuse-moi, dit la jeune fille. Je ne voulais pas te mettre mal à l'aise, je…

– Ne t'excuse pas, la coupa Hermien. C'est plutôt à moi de te demander pardon.

– Pourquoi cela ?

Le jeune garçon se redressa et la regarda droit dans les yeux.

– Je dois te demander pardon car tu m'as accordé ta confiance et, moi, je ne t'ai pas dit toute la vérité à propos d'une chose qui te concerne.

Hermien se tut. Héla lui pressa la main pour l'encourager à poursuivre.

– J'ai entendu les hommes de Claus discuter entre eux, hier, avant que tu me rejoignes. Ils ont mentionné ta mère. Apparemment, une lettre est arrivée de sa part, dans laquelle elle demande davantage de temps. Je ne sais pas de quoi il s'agit, en tout cas, ça avait l'air important. J'aurais dû te le dire plus tôt, mais avec Arion qui allait si mal, je n'y pensais plus…

– Tu es certain qu'ils parlaient de ma mère ? Elle aurait écrit et ça intéresserait des soldats ? Ça n'a pas de sens !

Hermien se concentra pour fouiller dans sa mémoire.

– Ils ont évoqué le peuple des Abeilles juste avant. Peut-être y a-t-il un lien ?

– Les Abeilles ?

– Tu les connais ?

– Oui, un peu. Les Abeilles sont célèbres pour leur système de castes hiérarchisé et plutôt sévère. Si tu nais ouvrier, tu le resteras toute ta vie, de même que tes enfants et tes petits-enfants. C'est principalement un peuple d'agriculteurs. Ce sont eux qui vous nourrissent. Un peu comme nous ! Nous vous apportons des inventions et des technologies, et eux vous fournissent à manger. En fait, vous les Dragons, vous êtes entièrement dépendants des peuples que vous terrorisez.

Le visage d'Hermien se ferma et il détourna les yeux.

– Je te demande pardon, s'exclama Héla en lui posant la main sur le bras. C'est idiot de ma part…

– Non, tu as raison. Mon peuple se comporte très mal. J'espère qu'un jour, les choses évolueront…

– Mais oui, Hermien, il faut y croire ! Tiens, si tu étais roi, tout serait différent, j'en suis certaine…

Hermien eut un petit rire affligé avant de faire un geste de la main, comme pour balayer ses propos.

– Est-ce que tu sais que le gouvernement des Abeilles a aussi privé son peuple de nombreuses libertés ? dit-il.

– J'ai entendu des rumeurs à ce sujet. Mais je ne vois pas le rapport avec ma mère !

Hermien hocha la tête avec gravité.

– Moi non plus. Quoi qu'il en soit, je sais que mon père est inquiet depuis quelque temps. La grogne monte, dans ce royaume. Plusieurs messagers ont déjà été envoyés afin que le gouvernement Abeille règle la question mais, en réalité, ils sont dépassés. Mon père dit qu'il ira les aider à régler leurs problèmes s'ils n'y arrivent pas tout seuls.

Héla frissonna en repensant au départ précipité de Claus et de ses hommes, quelques jours plus tôt. Quel peuple allait-il « aider » ce jour-là ?

– Je ne vois toujours pas ce que ma mère a à voir avec ce conflit. Crois-tu que je pourrais lire cette lettre ?

Le jeune prince n'hésita qu'un instant avant de hocher la tête.

– Elle est certainement conservée dans la salle des Archives.

– Comment va-t-on y accéder ? gémit Héla. Elle doit être surveillée nuit et jour !

– Eh bien non, justement. On accorde tellement peu d'importance à l'écrit, chez nous… Qui aurait envie d'aller cambrioler une pièce poussiéreuse remplie de vieux papiers ?

– Alors, allons-y cette nuit !

– Non, c'est impossible. Je ne suis pas un vieux papier, moi, et un garde surveille ma porte chaque soir.

Héla sourit à la plaisanterie. Ils décidèrent de se lancer dans cette expédition dès le lendemain, en fin d'après-midi, moment où la plupart des gardes et autres habitants du château se rendaient aux cuisines pour dîner. Plus tard, Héla serait obligée de rejoindre Hestia dans sa chambre pour se préparer.

Ils auraient une heure. Pas plus.

Lorsqu'ils sortirent de l'écurie, le soleil avait disparu.

# Chapitre 5

## Le complot

La nuit fut agitée et la journée suivante fort longue. Héla ne pouvait penser à autre chose qu'à cette lettre. Que contenait-elle ? Sa mère avait peut-être simplement demandé une visite, et on la lui avait refusée. Mais pourquoi des gardes iraient-ils discuter entre eux d'un message si commun ? Un mauvais pressentiment lui serrait le cœur.

Comme convenu, Hermien l'attendait de l'autre côté du couloir qui menait à sa chambre.

En silence, le prince lui fit signe de le suivre. Il se déplaçait discrètement, aussi léger qu'une plume, écoutant chaque bruit, chaque murmure. Concentré, mais pas effrayé.

Au bout de quelques minutes, il s'arrêta.

– Nous y sommes presque, chuchota-t-il. Sauf que je me rends compte que nous ne pourrons pas entrer sans clé. La porte est toujours verrouillée quand personne ne s'y trouve !

– Ne t'inquiète pas pour ça, lui répondit Héla sur le même ton. Je m'en chargerai.

Hermien haussa un sourcil, cependant il ne fit aucun commentaire. Il reprit sa marche lente jusqu'à une grande porte en bois simple et sans ornement.

– À toi de jouer ! lança-t-il à la future princesse.

La jeune femme retira deux épingles de la savante coiffure élaborée le matin même par cette chère Hestia, et les tritura pendant un instant de manière à en changer la forme.

Hermien l'observait, impressionné.

Avec un sourire complice, Héla se pencha sur la serrure. Toutes ces années à forcer la porte du cellier dans la maison familiale, là où ses parents cachaient les sucreries… Voilà qui allait enfin lui être utile !

Quelques instants plus tard, les deux compagnons étaient à l'intérieur de la salle des Archives.

Sur chacune des tables en bois massif alignées dans cette pièce se trouvaient un porte-plume, de lourds rouleaux de parchemin ainsi que des enveloppes scellées, prêtes à partir.

On distinguait à peine la couleur des murs tant ils étaient couverts d'étagères, elles-mêmes débordant de « vieux papiers », comme avait dit Hermien.

Même le plus valeureux des aventuriers se serait découragé devant l'ampleur de la tâche. Malgré la pénombre, le jeune prince devina qu'Héla pâlissait. Autant chercher une aiguille dans une botte de foin !

La jeune femme ravala tout de même ses larmes et alluma les petites chandelles qu'elle avait apportées.

Elle s'avança le long des tables, jetant un coup d'œil désespéré aux documents amoncelés par-ci par-là.

Quand soudain…

– Hourra ! J'ai trouvé ! s'écria Hermien, oubliant un instant qu'ils étaient ici incognito.

Héla le regarda, incrédule, lui fourrer une missive dans les mains tandis qu'il chuchotait d'un air triomphant :

– On a eu de la chance, ils l'avaient laissée dans le grand tiroir, là-bas. Quand je te disais qu'on faisait peu de cas de l'écrit… Ha ! ha ! Bien fait pour eux.

Héla serra les mains d'Hermien avec gratitude, puis parcourut la lettre de sa mère dans la semi-obscurité.

Elle sentit un frisson la traverser. Son souffle devint court.

Hermien attendait en silence. Pour son jeune âge, il faisait preuve de beaucoup de délicatesse.

Héla prit une profonde inspiration et relut la lettre, en détail cette fois, s'efforçant de ne pas sauter un seul mot. Puis elle la reposa sans rien dire.

– Tu veux en parler ? chuchota Hermien, mal à l'aise.

– Pas ici, murmura-t-elle. Quittons cet endroit, je t'en prie. J'ai besoin d'air.

Le jeune garçon prit la lettre de la main d'Héla, la rangea là où il l'avait trouvée et entraîna son amie hors de la pièce.

Restait à refermer la porte. Un instant, Hermien craignit qu'elle n'y arrive pas. Elle semblait si bouleversée ! La Corbeau réussit malgré tout à donner un tour. Ils allèrent se réfugier dans les écuries.

– C'est pire que ce que tu craignais ? finit par demander le prince en reprenant lentement son souffle.

La jeune femme acquiesça, incapable de parler.

Ce n'est qu'au bout de quelques minutes qu'elle prit enfin la parole.

– Ce n'est pas un hasard si on m'a choisie pour épouser Erebe. Pendant plusieurs mois, Géryon a exigé que ma mère, une scientifique réputée chez nous, lui livre une arme assez puissante pour faire la différence sur un champ de bataille. Elle a toujours refusé, bien sûr. C'est pour la contraindre à lui obéir que j'ai été choisie ! Si l'arme n'est pas prête pour la nouvelle lune, ils me tueront. Or, ma mère, qui s'est résolue à accepter, supplie ton père de lui accorder plus de temps…

Hermien se mit à faire les cent pas, réfléchissant à voix haute.

– C'est forcément pour l'utiliser contre les Abeilles.

– Que se passe-t-il là-bas exactement ?

– Je n'en suis pas certain. Apparemment, tout a commencé avec un médecin qui aurait appris à lire à des personnes qui n'étaient pas censées apprendre. Ce « Shen » passe pour un héros auprès de son peuple. Les dirigeants cherchent par tous les moyens à l'arrêter, mais il est introuvable. Aujourd'hui, alors que ce royaume n'est pas réputé avoir une vraie force armée, des attaques ont régulièrement lieu au sein de la ville. Le peuple menace de renverser le régime en place. D'ordinaire, mon père ne s'inquiète pas de qui gouverne les autres royaumes, tant qu'ils lui obéissent…

Le jeune garçon se tut un moment avant de reprendre :

– Le problème, c'est qu'il est persuadé que, si le peuple Abeille se révolte, il s'émancipera de notre autorité. Nous perdrions notre principale source de nourriture, comme tu l'as dit. Je ne serais pas étonné que mon père prépare une attaque massive, quitte à éradiquer une partie de la population, pour prendre le pouvoir de manière absolue sur leur cité. Et puis, la guerre lui manque… Tu entends comme il parle de sa gloire passée ? Il rêve de recommencer, ça crève les yeux. Les petites sorties de nos armées servent surtout à occuper nos hommes. Nous sommes en paix depuis trop longtemps.

Les deux amis échangèrent un regard abattu.

– Hermien, je dois m'enfuir ! Si je reste, cela force ma mère à créer cette arme. Et si elle n'y arrive pas, je suis condamnée… Il n'y a pas d'autre solution.

– Où iras-tu ? Tu ne peux pas retourner chez toi, c'est là qu'ils viendront te chercher en priorité.

La jeune femme réfléchit un instant.

– Les Hiboux ! Ils ont la réputation d'être sages et puissants, ils m'aideront sans doute. Peut-être même qu'ils pourront intervenir auprès de ton père pour empêcher la guerre.

Le royaume des Hiboux était l'un des plus anciens territoires de ce monde, et sans conteste le plus respecté de tous, car très savant.

Surtout, ils étaient célèbres pour leur neutralité et connus pour être d'excellent conseil. Quand des tribus nomades faisaient face à des conflits qui s'éternisaient, les Hiboux intervenaient en tant que médiateurs.

Le jeune prince regarda sa future belle-sœur ; il pensa aux périls qu'elle courrait pour se rendre là-bas, au courroux de son père, à celui, plus grand encore, de son frère aîné, à Erebe qui se sentirait rejeté, à sa propre solitude retrouvée.

Pourtant, il s'avança vers elle et lui prit la main.

– Je t'aiderai. Ma famille est ma famille. Nous sommes liés par le sang, mais ils s'engagent sur une voie qui ne me plaît pas.

Héla, très émue, allait répondre quand elle entendit Hestia l'appeler.

Les deux amis sursautèrent. Il était temps de prendre le chemin du retour !

En route vers le palais, ils continuèrent d'échafauder leur plan à voix basse, reprenant peu à peu confiance. À deux, les problèmes étaient tout de suite moins impressionnants.

Une demi-heure plus tard, pourtant, lorsque Héla entra dans la salle à manger, elle sentit que l'atmosphère, en plus d'être étouffante, était devenue électrique. Le roi faisait les cent pas devant l'immense cheminée où rôtissaient deux énormes morceaux de viande.

– Vous voilà enfin ! grogna-t-il. Mademoiselle Deildegast, il est temps que nous parlions de votre mariage. Je souhaitais attendre la nouvelle lune, mais les dernières informations qu'on m'a transmises ne sont pas bonnes. Sachez que je souhaite avancer la cérémonie à la Fête du Gibier. Nous y célébrons l'abondance, ce sera parfait pour vos noces.

Claus, assis à sa place habituelle, imita le bruit de ce qui ressemblait à un sanglier malade avant de s'étrangler de rire. Erebe n'était pas encore là.

Hermien prit la parole, ce qui ne lui ressemblait guère – du moins lorsque son père était dans les parages.

– La Fête du Gibier ? Mais, Père, c'est dans deux jours ! Il faut plus de temps pour préparer les noces, pour…

Le roi le coupa d'un geste impérieux.

– Depuis quand es-tu spécialiste en la matière ? Je ne t'ai jamais vu approcher la moindre fillette. Tu devrais prendre exemple sur Claus. À ton âge, cela faisait belle lurette qu'il était devenu un homme.

Géryon continuait à parler mais Héla n'entendait plus qu'un bourdonnement. Juste avant qu'elle touche le sol, il lui sembla que deux bras solides la rattrapaient.

Deux jours. Elle allait se marier dans deux jours.

# Chapitre 6

## Il nous faut un plan

La jeune femme reprit connaissance quelques instants plus tard dans les bras d'Erebe, arrivé juste à temps pour retenir sa fiancée.

– Peut-être devriez-vous vous allonger, madame, suggéra son futur époux.

Son ton était aussi distant que d'habitude, mais on percevait une certaine inquiétude dans sa voix.

Claus, qui ne s'était même pas levé de sa chaise et était en train d'hésiter entre deux cuisses de volaille, prit la parole d'un ton sarcastique.

– Allons, mon cher frère, tu sais bien que c'est la joie qui la met dans cet état. N'est-ce pas, Héla ?

Celle-ci le fusilla du regard.

« Garde ton calme, Héla. Inspire un grand coup. Sois douce et soumise. » Croisant le regard d'Hermien, impuissant mais solidaire, elle s'efforça de reprendre le contrôle de ses émotions.

– Pardonnez-moi. Je n'ai presque rien mangé aujourd'hui et la nouvelle a été si… surprenante…

– Surprenante ? Mais enfin, c'est le but de votre présence ici ! s'emporta le roi. Je ne vous ai pas fait venir pour faire la nounou avec mon fils Hermien, que je sache. Celui-ci ne perd jamais une occasion de traîner dans les jupes des femmes… à défaut de voir ce qui se passe dessous !

Hermien pâlit.

Héla, toujours dans les bras d'Erebe, sentit une légère pression de sa main, comme s'il tentait de lui manifester son soutien. Mais elle se rappela ensuite ce qui était arrivé à Arion.

Non. Il ne fallait rien attendre des hommes de cette famille.

Chacun prit place autour de la table et le dîner se poursuivit comme à son habitude – même si, cette fois-ci, la conversation tournait autour du mariage à venir. Le roi décrivit la future cérémonie avec un enthousiasme non feint. Claus saupoudrait le tout de remarques mesquines.

Héla les étudiait discrètement tandis qu'ils dévoraient leur viande. Le père et le fils se ressemblaient beaucoup.

La même suffisance, le même emportement. Ils parlaient haut, riaient fort, arrachaient, mâchaient, avalaient, les lèvres luisantes de gras.

« On dirait des animaux », songea la jeune fille avec dégoût.

Elle était persuadée que Claus était au courant du chantage imposé à sa mère. Et Erebe ?

Il semblait si mesuré, si froidement raisonnable... Pourrait-elle lui faire confiance un jour ? Rien n'était moins sûr.

Comme s'il avait entendu ses pensées, le prince leva les yeux vers elle. Leurs regards se croisèrent. Il ouvrit la bouche, comme pour lui adresser la parole… mais il fut interrompu par un rot sonore de son frère aîné, suivi d'un grand éclat de rire.

Héla se redressa et indiqua qu'elle se trouvait encore bien fatiguée et qu'elle préférait se retirer. Le roi lui donna la permission d'un geste dédaigneux ; elle en profita pour filer.

Une fois dans son lit, elle réfléchit à la situation. Dans deux jours, ils seraient mariés. Il allait donc falloir qu'elle parte avant.

Elle passa la nuit à se retourner encore et encore, dressant la liste mentale de tout ce dont elle allait avoir besoin, de tout ce qu'elle ignorait. Une boule d'angoisse lui écrasait l'estomac.

Bien entendu, la solution la plus simple aurait été de rester et de s'unir à Erebe, en priant pour que tout aille pour le mieux. Le prince n'était pas quelqu'un de mauvais, et Héla sentait qu'il ne la maltraiterait pas.

Il y a quelques jours encore, la perspective d'épouser un homme qu'elle n'avait pas choisi la révulsait. Désormais, l'idée semblait presque la moins angoissante des options qui s'offraient à elle. Elle se demanda un instant si le prince serait capable de s'opposer à son père, au cas où celui-ci n'obtiendrait pas ce qu'il voulait. L'empêcherait-il de la tuer ?

Quand Hestia vint la réveiller au petit matin, Héla était déjà debout, habillée et coiffée. Pour la première fois depuis leur rencontre, la dame de confiance la félicita.

Dès qu'elle put s'éclipser, Héla fila aux écuries, le seul endroit où elle se sentait bien.

En arrivant, elle trouva Hermien occupé à murmurer à l'oreille d'Arion. Il lui donnait des pommes dérobées en cuisine.

– Tu es bien matinal, s'étonna-t-elle. Comment vas-tu, ce matin ? lui demanda Héla en s'approchant du cheval, qui tendait le cou en quête de caresses.

– C'est plutôt moi qui devrais te poser la question, répliqua Hermien. Tu m'as fait une de ces peurs, hier soir...

– Je suis désolée, je me croyais plus forte que ça.

Arion frotta sa tête contre le bras d'Héla, comme pour lui demander de gratter plus fort. La jeune femme adorait ce geste. Elle avait l'impression que l'animal lui apportait son soutien plein et entier.

– Ne t'en fais pas, ce n'est pas à toi de demander pardon de quoi que ce soit… Tu n'as pas changé d'avis ? demanda le prince en baissant d'un ton.

L'écurie était déserte, mais mieux valait ne prendre aucun risque.

– Tu souhaites toujours t'enfuir ?

– Oh, Hermien, je ne sais pas… Une partie de moi aimerait rester, ne pas sortir du chemin que d'autres ont tracé pour moi. Ma situation n'est pas si pénible, si on oublie la menace qui pèse au-dessus de ma tête et le fait qu'un peuple entier risque de se faire massacrer. Tu es là, après tout. Je ne suis pas seule. Et ton frère n'est pas un monstre.

– Celui-là, non, en effet, murmura Hermien.

Les deux amis échangèrent un regard éloquent.

– Mais au fond de moi, reprit la Corbeau, je sais que je ne pourrais jamais me pardonner les conséquences de ce mariage, même si ton père m'épargne. Je… je n'ai jamais voulu de cette union. Je sens que je ne peux pas rester passive. Je dois m'opposer à ce massacre, ou au moins tenter de faire changer les choses en allant voir les Hiboux.

Elle poussa un soupir à fendre l'âme.

– Que ferais-tu, à ma place ? lui demanda-t-elle.

Hermien sortit une nouvelle pomme pour Arion.

– Je partirais, avoua-t-il.

Tout à coup, il se mit à parler très vite. Il sentait que les larmes montaient, et il tenait à dire tout ce qu'il avait sur le cœur.

– Je n'ai jamais pu faire ce que je voulais, jamais. Je déteste la chasse, pourtant mon père m'y entraîne chaque semaine. Je n'aime pas les armes et on me force à en manipuler depuis que je sais marcher. J'aime la lecture mais ici, c'est une activité si peu considérée que si l'on me voyait avec un livre, j'entendrais des railleries jusqu'à ce que mes cheveux blanchissent.

Le prince prit une longue inspiration pour calmer sa voix chevrotante.

– Je crois que mon père et mes frères ne me portent pas dans leur cœur. Ils agissent avec moi comme j'agis avec eux : on cohabite. Tu es la seule personne depuis bien longtemps à m'avoir accepté comme j'étais, sans chercher à me modeler, sans y mettre de conditions. Tu es mon amie. Et je ne veux pas que tu subisses la même chose que moi chaque jour qui passera, avec d'éternels regrets.

Les larmes coulaient sur les joues d'Héla. Ce garçon valait tellement plus que tous les autres hommes de ce royaume !

Ils parlèrent longtemps, évoquant plusieurs idées, établissant différentes stratégies, avant de finalement s'arrêter sur le plan qui leur semblait le plus fiable.

Hermien le récapitula une dernière fois :

– La veille du mariage, un énorme banquet sera donné. Tous les soldats seront là, mais ils seront ivres et bien moins ordonnés que d'habitude. Le lendemain, tout le monde dormira jusqu'à une heure tardive, ce qui te laissera quelques heures d'avance pour agrandir la distance entre toi et le royaume des Dragons.

Héla enchaîna :

– Je ne récupérerai la lettre de ma mère qu'au dernier moment pour éviter que quelqu'un se rende compte de sa disparition. Tu la déroberas aux Archives en même temps qu'une carte qui me guidera jusqu'au royaume des Hiboux.

– Très bien ! conclut Hermien. Maintenant, dépêchons-nous de réunir des vivres et le nécessaire à ton expédition. Nous n'aurons qu'à cacher tout cela dans la stalle d'Arion, personne n'y vient à part nous. Arion, tu vas voyager, mon grand, annonça le jeune garçon en enlaçant l'étalon.

– Hors de question que je l'emmène ! s'exclama Héla. Je sais que tu l'aimes beaucoup. Je prendrai un autre cheval, il y en a des dizaines ici.

– Je tiens à ce que tu partes avec lui. Il te protégera quoi qu'il arrive. Je serai rassuré de savoir que vous êtes ensemble. Et puis, tu sais…

Le jeune garçon hésita.

– Quand ton départ sera découvert, ils me poseront des questions. Je ferai de mon mieux pour résister mais, si Arion est encore là, mon frère pourra faire pression sur moi en menaçant de le tuer… Si tu l'emmènes, ils n'auront plus rien pour me faire parler.

Héla, bouleversée, prit Hermien dans ses bras.

– Pars avec moi, chuchota-t-elle. Rien ne t'oblige à rester ici, rien du tout.

Hermien lui rendit son étreinte et se redressa.

– Je suis un prince Dragon. Ma place est parmi mon peuple.

Une lueur de fierté brillait dans son regard.

Son amie le considéra avec une telle estime qu'il en rougit.

– Alors, par où commence-t-on ? demanda-t-il avec un grand sourire.

# Chapitre 7

## Un prince et un monstre

Les deux jours passèrent bien trop vite au goût d'Héla. Lorsque le matin de la Fête du Gibier arriva, son paquetage était prêt, dissimulé dans la stalle d'Arion. En plus des vivres, d'une gourde d'eau et de vêtements de rechange, les deux amis avaient préparé une cape bien chaude et des bottes fourrées (qui prenaient beaucoup de place mais étaient indispensables, selon Hermien).

Héla avait également pris le châle de sa sœur, qu'elle n'avait pu se résoudre à laisser derrière elle.

La journée fila à toute allure. La jeune Corbeau n'eut même pas le temps de douter, de regretter ou d'envisager d'autres solutions : Hestia l'accapara de l'aube à l'heure du banquet.

La cérémonie de mariage aurait lieu à midi le lendemain. La soirée qui précédait servait officiellement à présenter la future épouse aux seigneurs du royaume tout en leur offrant – officieusement – un prétexte pour s'enivrer.

Héla, comme dans un songe, ne réagissait à rien. Hestia la félicita pour son sang-froid. Selon elle, les jeunes demoiselles avaient tendance à se faire une montagne de cette cérémonie somme toute bien ordinaire.

Si le contenu de cette lettre avait été différent, si sa mère avait simplement demandé qu'ils prennent soin d'elle, si Hermien ne lui avait pas tout révélé… Héla, comme les autres, aurait sans doute été dans tous ses états. Mais elle était bien trop occupée à penser à son départ, à repasser chaque étape de son parcours dans sa tête, et à prier pour qu'il n'y ait pas d'imprévu.

Lorsque Hestia annonça qu'il était temps de descendre, Héla se contempla dans le miroir de sa chambre.

Elle se reconnut à peine.

Elle portait une longue robe blanche, d'une matière délicate qui changeait des vêtements en coton grossier qu'elle enfilait habituellement. Un léger voile de soie retombait derrière elle avec grâce. Ses longs cheveux étaient relevés en un chignon sophistiqué piqué de petites fleurs blanches.

– Vous êtes magnifique, affirma Hestia avec, une fois n'est pas coutume, un petit sourire. Et vous le serez encore davantage demain. Allons, ma petite, il est temps, maintenant.

C'était la première fois qu'elle employait ce ton maternel.

Les deux femmes sortirent de la pièce en silence. Dans l'escalier, les battements de cœur d'Héla s'accélérèrent. Le brouhaha du banquet leur parvenait d'ici... Elle commença à paniquer.

Au lieu d'entrer par la porte principale, Hestia bifurqua et l'entraîna dans une petite pièce attenante.

Le prince Erebe était là, dos tourné à l'entrée. Il se retourna d'un bond en entendant leurs pas, comme piqué par un moustique.

La domestique, après une profonde révérence, se retira, laissant les deux promis seuls pour la première fois. Leur gêne était palpable.

Héla avait enfin l'occasion de voir Erebe de près, de lui parler. Malheureusement, elle ignorait quoi lui dire. Si seulement elle avait pu lui ouvrir son cœur, lui confier ce qu'elle et Hermien avaient découvert... Qu'elle le veuille ou non, les yeux bruns d'Erebe l'attiraient. Ils brûlaient du même feu, de la même sincérité que ceux de son jeune frère.

– Vous êtes très élégante dans cette tenue, dit le prince après un long silence.

Elle leva la tête, surprise.

– J'ai conscience que l'on ne se connaît pas, reprit-il avant qu'elle ait eu le temps de le remercier. Nous n'avons pas échangé plus de quelques phrases depuis que vous êtes ici. Chez les Dragons, les fiancés ne sont pas censés se parler avant leurs noces, et je le regrette.

Héla comprit que le prince prenait sur lui pour lui confier tout cela. Elle en fut touchée.

– Je… je voulais juste vous rassurer sur un point : vous n'avez rien à craindre de moi, poursuivit-il. Je vous donne ma parole que jamais je ne lèverai la main sur vous, et que je ferai tout mon possible pour que vous soyez en sécurité.

Héla aurait aimé le croire. Mais comment en être sûre ? Si son frère aîné se montrait violent envers elle, Erebe interviendrait-il, comme il l'avait fait pour Hermien, ou assisterait-il à la scène sans bouger, estimant qu'elle ne valait pas plus qu'Arion ?

Jamais elle ne pourrait oublier ce qui était arrivé au cheval. C'était si cruel ! Et la façon dont Erebe avait froidement assisté à la perte de contrôle de son frère laissait présager que ce comportement était tout sauf inhabituel.

La jeune femme ne dit rien de ses doutes, cependant. Son fiancé était honnête, et il faisait l'effort d'aller vers elle. Cela méritait bien qu'elle lui accorde sa confiance.

Dire qu'au petit matin, il découvrirait qu'elle lui avait menti, qu'elle avait trompé ses attentes… !

Pour chasser sa pointe de culpabilité, Héla décida de se montrer aussi franche que possible.

– Je suis heureuse d'avoir eu un moment en tête à tête avec vous avant que nos vœux soient prononcés. J'avais fini par me faire à l'idée d'épouser un inconnu, mais je vous remercie d'avoir voulu me rassurer sur vos intentions.

Elle fit une légère révérence, à laquelle Erebe répondit par un sourire, soulagé. Il n'était pas habitué à l'exercice, cela se voyait.

– Voulez-vous un verre de vin ? proposa-t-il. On viendra certainement nous chercher sous peu, mais cela ne peut pas faire de mal.

Héla accepta. Elle avait bien besoin de se détendre, et tenir un verre l'aiderait à reprendre contenance. Elle ne savait pas quoi faire de ses mains depuis qu'elle était entrée.

Il lui tendit la coupe. Le vin était frais et délicieux.

– Oh, attendez, votre coiffure…

Se penchant légèrement vers elle, il replaça une mèche de cheveux derrière son oreille. Héla se sentit rougir de la tête aux pieds. Ce geste était si intime !

Elle coula un regard vers Erebe en reprenant une gorgée.

Oui, cet homme était son fiancé. Qu'elle allait devoir planter là dans quelques heures. Ce n'était absolument pas le moment d'être troublée.

Soudain, la porte s'ouvrit à la volée. Deux gardes vinrent les chercher pour les conduire à la salle du banquet. D'ici, on entendait les invités taper du poing sur la table dans un vacarme tonitruant.

Erebe tendit le bras à Héla avec un sourire contraint. Elle s'en saisit, pas très assurée, et ils pénétrèrent ensemble dans la salle de réception.

D'abord, Héla constata que l'atmosphère était suffocante. Ensuite, que pas une femme n'était présente dans l'assemblée. Il n'y avait que des hommes. Partout.

Elle jeta un coup d'œil à son fiancé et fut frappée du changement. La lueur amusée dans son regard avait disparu. Il était à nouveau celui qu'elle avait rencontré quelques jours plus tôt : glacial. Le contraste avec les hurlements et l'ardeur qui les entouraient était frappant.

Les deux jeunes gens reçurent les félicitations des différents invités pendant plus d'une heure, remerciant chacun d'un haussement de tête.

Héla se rendit vite compte qu'elle n'était pas conviée à parler. Aussi demeura-t-elle silencieuse, observant Erebe à la dérobée. Comme elle lui tenait toujours le bras, elle le sentait se raidir plus ou moins en fonction de ses interlocuteurs.

Enfin, elle aperçut Hermien. Celui-ci lui fit un petit salut discret suivi d'un mouvement de tête, signe qu'il avait récupéré la lettre et la carte. Pour le moment, tout se déroulait comme prévu. Bientôt, elle devrait feindre une profonde fatigue ou un malaise pour pouvoir se retirer.

– Eh bien ! ça y est, mon frère, te voilà enfin marié, ou en tout cas proche de l'être, ricana Claus en donnant une vive accolade à Erebe.

Héla fouilla la salle du regard. Avec un peu de chance, Moïra était là, elle aussi.

– Tu cherches ma femme, petite Aile-Noire ? Tu ne la trouveras pas ici, nos épouses ne se joignent pas à nous pour les festivités. On les voit déjà bien assez dans la journée… Ha ! ha ! D'autres nous rejoindront plus tard dans la soirée. Néanmoins, je doute que tu assistes à cela…

Erebe lança un regard noir à son frère, qui n'en rit que davantage. Ce dernier passa la main dans ses longs cheveux gras pour repousser les mèches qui lui tombaient dans les yeux avant de boire une longue rasade de bière.

– Merci, mon frère, répondit Erebe d'un ton pincé, merci de présenter de manière si bien choisie les coutumes de notre peuple à ma future femme. Maintenant, si tu veux bien nous excuser…

Il voulut s'éloigner, mais Claus ne l'entendit pas de cette oreille.

– Allons, Erebe, reprit-il en ricanant toujours, poursuivant le couple qui était déjà quelques mètres plus loin. Crois-tu pouvoir la couver comme une poule veille sur son poussin ? Elle fait partie de la famille, désormais. Elle peut bien savoir ce que l'on fait de nos soirées ! Tu n'es pas choquée, petite Aile-Noire, n'est-ce pas ?

Ses yeux légèrement voilés par l'alcool brillaient d'une lueur malsaine. Héla en eut un frisson.

Claus tenta de l'attraper par le menton pour l'attirer à lui, mais Erebe le devança en tirant la jeune femme vers l'arrière.

– Eh bien ! tu n'es pas prêteur, à ce que je vois, reprit Claus, goguenard. Je ne vais pas l'abîmer, ta petite promise, tu n'as pas à t'inquiéter. Suis-je du genre à faire du mal à une femme ?

Erebe ne répondit pas.

– Tu n'es pas d'accord ? Tu penses que je pourrais lui faire du mal ? Crois-tu que je ne sache pas me maîtriser ? Est-ce cela que tu sous-entends, cher *frère* ?

Peu à peu, le brouhaha ambiant s'était tu. Tout le monde écoutait la discussion. Claus ne riait plus. Ses joues s'étaient empourprées et une veine commençait à poindre sur sa tempe droite. Il fixait son frère sans ciller.

Héla fut choquée de la rapidité du changement d'humeur du prince héritier. Elle savait qu'il était instable et dangereux, mais à ce point… !

Le roi Géryon, s'avançant entre les deux hommes, les prit chacun par une épaule :

– Paix, mes fils, paix. Ce soir, nous célébrons des noces. N'allez pas nous porter malheur en ternissant cette union à venir avec vos chamailleries. Réservez votre colère à nos ennemis. Embrassez-vous comme les frères que vous êtes, unis sous une même bannière !

Les princes se donnèrent une accolade, bruyamment acclamés par l'assemblée. Claus affichait son rictus de toujours, les yeux humides.

– Tu es mon frère, Erebe. Je ne te ferai jamais de mal. Nous partageons le même sang. Que serais-je sans toi... ?

Il colla son front à celui de son cadet avant de reculer en direction de la table, où les esclaves continuaient à remplir les assiettes à mesure qu'elles se vidaient.

– Néanmoins...

Il sortit sa dague.

– … il serait extrêmement regrettable…

Il fit quelques pas encore vers un serviteur qui découpait une gigantesque volaille.

– … que tu oublies à qui tu as affaire.

Il planta sa dague dans la main de l'homme, le clouant à la table. Le malheureux hurla. Il voulut retirer l'arme, mais Claus avait toujours la main dessus.

Ce dernier demeura ainsi une minute entière, les yeux plongés dans ceux de son frère.

On n'entendait rien d'autre que les gémissements de l'esclave.

Enfin, Claus lâcha prise et se dirigea lentement vers un énorme tonneau de vin disposé près de l'entrée.

– Allons, arrêtez avec vos têtes d'enterrement ! Amusez-vous, que diable ! Nous célébrons des noces, ce soir. À ta santé, mon frère ! s'esclaffa-t-il en levant son verre à nouveau plein.

Erebe hocha la tête et tout le monde trinqua en l'honneur des futurs mariés. Les cris et les rires repartirent de plus belle.

Héla tremblait comme une feuille. Elle qui se croyait courageuse ! Depuis son arrivée ici, elle se rendait compte qu'elle n'avait jamais rien su de la peur.

L'esclave fut emmené, la nourriture remplacée. Il ne restait plus rien du coup de folie du prince héritier.

Et Erebe… Héla l'étudia avec pitié. Il n'était pas mauvais, il n'était pas lâche. Mais son dérangé de frère allait devenir son roi, et si elle avait le pouvoir d'empêcher qu'une arme destructrice tombe entre les mains de cet homme dangereux, alors, elle ne reculerait pas.

Cette pensée suffit à lui rendre courage. Elle fit un signe discret à Hermien, qui ne l'avait pas quittée des yeux depuis le début de l'altercation. Le garçon quitta la salle aussitôt.

Héla se tourna vers son fiancé.

– Pardonnez-moi, je souhaiterais me retirer. Votre frère a raison, cette seconde partie de soirée ne me conviendra pas. Je me sentirais plus à mon aise dans mes appartements.

Erebe la salua d'une révérence rapide.

– Bien entendu, madame. Je vous reverrai demain. Passez une bonne nuit.

Il eut l'air soulagé et, cette fois, Héla ne s'en formalisa pas. Pauvre garçon… Au lever du soleil, il découvrirait qu'elle l'avait trahi. Il ne le méritait pas.

Mais Hermien attendait aux écuries. Il n'y avait pas un instant à perdre ! Héla sortit d'un pas décidé de la salle.

# Chapitre 8

## Fuite dans la nuit

Comme à chaque fin de repas, la future princesse regagna ses appartements escortée par deux gardes. Une fois dans sa chambre, elle s'efforça de respirer avec lenteur.

Cela ne servait à rien de se presser : elle savait d'expérience que, de l'autre côté de la porte, les soldats qui l'avaient accompagnée étaient en train de flirter avec deux jeunes filles qui – comme par hasard – se trouvaient toujours dans les parages à cette heure-là.

Les jours précédents, elle avait jugé ce manège plutôt amusant. Mais ce soir, il l'agaçait profondément !

Elle ôta une à une les fleurs de sa coiffure, sans toutefois défaire le chignon qui avait demandé tant de travail à Hestia.

Les pétales se flétrissaient déjà. C'était bien normal, pour des fleurs sauvages, cependant Héla ne put s'empêcher d'y voir le signe que ce mariage n'aurait jamais lieu.

Après les cheveux, la tenue. La jeune femme retira sa belle robe blanche et enfila à la place un pantalon en toile de coton vert foncé ainsi qu'un pull noir doux et chaud apportés de chez ses parents. Sa longue cape noire par-dessus, et elle serait prête à se fondre dans l'obscurité.

Comme, dehors, les tourtereaux gloussaient toujours, elle saisit une plume sur le bureau, sortit un morceau de parchemin d'un tiroir et écrivit : « Pardonnez-moi, Erebe, je ne fais pas cela contre vous. »

Après réflexion, elle prit un autre morceau et nota : « Adieu, Hermien, que les dieux veillent sur toi. »

Mieux valait rédiger un message pour lui aussi. Dans le cas contraire, puisqu'ils passaient leurs journées ensemble, cela paraîtrait suspect. Une chance qu'elle y ait pensé !

La jeune femme résista à l'envie d'adresser un mot à Claus également, quelque chose comme : « Vous êtes un homme immonde, je vous souhaite de vous faire piétiner par les âmes de vos victimes jusqu'à ce que mort s'ensuive. » Elle se raisonna. Un jour viendrait où il aurait ce qu'il méritait.

Héla contempla sa chambre. Elle avait appris à s'y sentir en sécurité. C'était désormais ce qui s'apparentait le plus à un foyer pour elle.

À présent, elle avait peur. Et il y avait de quoi ! Elle allait quitter ces murs protecteurs pour se lancer dans l'inconnu.

Plus aucun bruit dans le couloir. Les gardes et leurs conquêtes avaient dû se séparer. Héla souffla un grand coup et ouvrit la porte.

Elle n'avait rien à emporter, puisque tout était déjà dans la stalle d'Arion. Elle devait juste y parvenir sans se faire repérer.

Une fois sa porte fermée à clé, elle avança à pas de loup dans le couloir. Elle faillit pousser un cri en sentant quelqu'un lui serrer l'épaule.

– Je vois que tu es parfaitement sereine, lui chuchota Hermien en se retenant de rire.

Comme si c'était le moment de plaisanter !

– Que fais-tu là ? répliqua Héla, la main sur son cœur qui battait la chamade. Je croyais qu'on devait se retrouver devant l'écurie.

– Je me suis dit que je te serais plus utile ici que là-bas. Il ne faudrait pas que tu tombes sur des gardes ou que tu te perdes dans les couloirs !

Son regard pétillait. Il avait tellement grandi, en si peu de temps ! Sous le jeune garçon timide, on voyait poindre l'homme qu'il serait.

– Bon, eh bien… je t'en prie !

Héla lui fit une petite révérence moqueuse pour le laisser passer ; son sourire s'effaça tandis qu'il la guidait à travers des couloirs qu'elle ne connaissait pas, jusqu'à la sortie du château.

Non loin de l'écurie, ils furent forcés de s'arrêter car deux gardes étaient assis contre la porte. Les deux compères, une chope à la main, chantaient à tue-tête une ballade à propos d'une jeune femme dénudée qui leur faisait des avances.

Héla regarda le jeune prince avec inquiétude.

– Comment va-t-on passer ? Ils n'ont pas l'air décidés à bouger…

Hermien réfléchit un instant.

– J'ai une idée mais, pour cela, je devrai te faire mes adieux ici. J'aurais aimé t'accompagner plus loin… Je crois qu'on n'a guère le choix.

– Que comptes-tu faire ? Tu ne vas pas te montrer, quand même ? Le risque est trop grand : dès qu'ils apprendront mon départ, ils feront le lien avec toi.

– Je vais essayer de me faire discret. Rien ne les oblige à me reconnaître, tant qu'ils me suivent…

Avant que la jeune femme puisse répliquer, il la serra contre lui.

– Voici la lettre de ta mère, ainsi qu'une carte du royaume. Sois prudente, Héla, et si tu ne peux rien faire pour empêcher les événements, pense à te protéger en priorité. Si nos dieux le veulent, nous nous reverrons.

Son amie étouffa un sanglot.

Hermien releva sa capuche sur ses épais cheveux bruns puis disparut dans la nuit. Où fuyait-il ainsi ? Quel était son plan ?

Soudain, un des gardes sauta sur ses pieds.

– Eh, arrêtez ça ! Vous vous croyez drôles ? Sortez de là, qu'on parle entre hommes !

Une seconde salve de pierres atterrit sur son compagnon qui riait, encore assis par terre. La pierre renversa sa chope, ce qui coupa court à son hilarité.

Sur le qui-vive, les deux compères improvisèrent un cercle et commencèrent à tourner en cadence. Cela n'empêcha pas Hermien de les atteindre deux fois encore.

Enfin, une silhouette encapuchonnée daigna se montrer.

– Vous avez trop bu, messieurs, vos réflexes ne sont plus ce qu'ils étaient…

– Tu ne perds rien pour attendre, scélérat !

Les deux hommes se lancèrent à la poursuite du jeune garçon, qui partit comme une flèche en riant aux éclats pour les faire enrager davantage.

Héla ne put s'empêcher de sourire : Hermien s'affirmait de jour en jour, et cela faisait plaisir à voir.

Puisque la voie était libre, elle courut chercher Arion aux écuries.

L'étalon hennit doucement à son approche. On aurait dit qu'il l'attendait. Avait-il deviné qu'ils partiraient au beau milieu de la nuit ?

Le paquetage d'Héla était déjà fixé sur son dos. La jeune fille n'eut qu'à saisir la longe et guider le cheval à l'extérieur.

Ils marchèrent quelques minutes en faisant le moins de bruit possible. Arion semblait comprendre qu'il fallait être discret.

Les rires des soldats se faisant plus lointains, et le vent plus frais, Héla se dit qu'elle allait pouvoir enfourcher sa monture quand, dans le silence de la nuit, une voix retentit.

– J'avais cru comprendre que vous ne me portiez pas dans votre cœur, mais je ne pensais pas vous répugner à ce point. Vous enfuir le soir de nos fiançailles....

La voix glaciale d'Erebe lui fit baisser les yeux. « Maîtrise ton souffle, Héla. Ne laisse pas paraître ta peur. »

Bien sûr, il croyait qu'elle fuyait à cause du mariage ! Il ignorait qu'elle avait découvert la véritable raison de leur union. Peut-être n'était-il pas au courant lui-même.

Un instant, Héla fut tentée de le rassurer, de lui expliquer que ce n'était pas à cause de lui… puis elle se ravisa aussitôt. Les sentiments bafoués d'un prince pesaient bien peu face aux vies humaines qui étaient en jeu.

– Vous vous trompez, je… j'ai été sensible aux attentions que vous avez eues envers moi, mais… je ne peux pas vous épouser. Je n'arriverai jamais à m'accoutumer à la vie que vous menez ici et, pour être honnête, je n'ai pas envie d'essayer. Je suis désolée.

« Je suis désolée… » On ne pouvait pas faire plus banal. Mais elle y avait mis toute la sincérité dont elle était capable.

– Vous pouvez l'être.

Les deux fiancés se dévisagèrent.

– Êtes-vous certaine que vous n'avez rien à me dire ? l'interrogea finalement Erebe. Avez-vous peur de quelque chose ? Vous a-t-on menacée ? Je n'ai pas la prétention de vous connaître parfaitement, cependant… cette fuite la veille de la cérémonie, cela ne vous ressemble pas.

Ainsi donc, il avait pris le temps de l'observer, il avait cherché à comprendre ses ressentis, ses réactions… ! Héla en fut touchée. Mais…

– Je ne peux pas vous épouser, répéta-t-elle. Je n'avais pas conscience de tout ce que cela impliquait en venant ici. Je ne voulais pas fuir comme une voleuse, mais je sais que votre père n'aurait jamais accepté mon départ si je le lui avais annoncé.

Ce n'était pas un mensonge. Si, plus tard, Erebe apprenait les vraies raisons de son départ, peut-être se souviendrait-il qu'elle avait essayé d'être le plus honnête possible.

Le jeune homme pivota sur ses talons et fit quelques pas en direction du château. Déconcertée, Héla l'appela d'une voix hésitante :

– Attendez ! Vous… vous n'essayez pas de m'en empêcher ?

Le prince s'arrêta sans se retourner.

– À quoi bon ? Le mariage est une alliance basée sur la confiance. Je ne vous en accorde plus, madame. Adieu. Puissiez-vous aller en paix malgré la trahison de votre serment.

Il la laissa plantée là, seule dans la nuit, un poids énorme sur l'estomac.

Tant pis. Il n'y avait qu'une chose à faire, maintenant.

Elle partit au grand galop en direction du royaume des Hiboux.

La lune ne serait pleine que dans plusieurs nuits, mais sa lumière guiderait son chemin comme en plein jour. Elle seule verrait les larmes qu'Héla n'arrivait plus à retenir.

# Partie 2

## Les Hiboux

# Chapitre 9

## Un trio pas comme les autres

Loin de cette agitation, ignorant tout d'un mariage entre Dragons et Corbeaux, un jeune garçon finissait sa journée de cours au royaume des Hiboux.

Avec un soupir, Basty lança son sac débordant de livres au pied d'un immense châtaignier et s'étira. Cette belle journée ensoleillée touchait à sa fin. Si seulement il avait pu s'échapper plus tôt !

La peau de l'étudiant, très pâle et constellée de taches de rousseur, semblait ne voir que trop rarement le soleil. Il ferma les yeux pour en savourer les rayons avant de se laisser tomber au pied de l'arbre.

– Fais attention à tes livres ! le houspilla une voix féminine, clairement contrariée.

Pas besoin de tourner la tête pour savoir que c'était sa meilleure amie, Satis. Petite brune caractérielle, elle avait un cœur en or mais une intolérance à la négligence qui frôlait l'obsession.

Un rire plus grave se fit entendre sur la gauche. Atum jeta son sac avec à peine plus de soin que Basty avant de se pencher sur lui pour l'embrasser sur le front.

– Attention ! avertit-il. Elle est déchaînée.

– Laisse-moi deviner… Dame Khepri ?

– Tout juste !

Satis fusilla les deux garçons du regard avant de se laisser tomber à leurs côtés.

– Elle me rend dingue, lâcha-t-elle. Elle ne veut pas comprendre que mon idée de classement est *bien* plus pratique que leurs systèmes dépassés de deux siècles. C'est vrai, je...

Basty n'écoutait déjà plus. Satis était brillante, mais aussi très têtue. Le royaume des Hiboux fonctionnait de la même façon depuis une éternité. Ce n'était pas près de changer !

Le jeune garçon prit un brin d'herbe et joua avec distraitement, avant de poser sa tête sur les genoux d'Atum. Ce dernier, tout sourire, passa la main dans ses cheveux roux avec tendresse.

Bercé par la voix de Satis, Basty contempla le visage d'Atum. Sa peau dorée, ses yeux clairs qui prenaient une autre teinte selon la lumière… Sa beauté ne cesserait de l'étonner.

Les deux garçons étaient meilleurs amis depuis toujours. Jusqu'à ce fameux repas d'anniversaire, il y a six mois de cela, où ils avaient échangé le baiser qui allait tout changer. De toute évidence, il y avait plus que de l'amitié entre ces deux-là. Quand ils l'avaient annoncé à Satis, celle-ci n'avait pas été surprise une seconde. « Il était temps ! » avait-elle déclaré en les enlaçant.

Les trois camarades, amis depuis l'enfance, ne s'étaient jamais séparés. Ils étaient tous trois étudiants, à quelques mois de l'obtention de leur certificat. Leur quotidien était rythmé par les cours, les devoirs et les corvées.

Ils pouvaient exercer ces tâches d'intérêt général dans le domaine de leur choix. Satis, évidemment, se chargeait du classement des archives. Elle était bien la seule à trouver ce poste attrayant – quel étudiant aurait souhaité passer sa journée à ranger des papiers ? Atum s'occupait des chevaux, et Basty des oiseaux messagers du bâtiment principal.

Après leurs études, les Hiboux avaient pour habitude de partir à la découverte du monde durant plusieurs mois, à l'issue desquels ils rédigeaient un rapport racontant leur périple.

Les trois compagnons n'avaient encore jamais dépassé les limites de leur territoire, mis à part quelques rares excursions pour cueillir des fleurs ou étudier la faune et la flore environnantes. Ils passaient des heures à parler de ce jour tant attendu où, enfin, ils franchiraient les portes de la ville. Ils n'avaient qu'un rêve : vivre cette aventure tous les trois !

Satis était maintenant définitivement lancée dans sa diatribe contre le système de classification des récits du passé. S'ils ne l'arrêtaient pas, cela pouvait durer une bonne demi-heure. Basty ne voulait pas la mettre en boule, mais son estomac commençait à gronder.

– Et si on allait dîner ? La cloche ne va pas tarder à sonner.

– Tu ne penses qu'avec ton estomac, s'indigna son amie en levant les yeux au ciel. Tu ne te rends donc pas compte ? Nous avons la responsabilité de ce monde entre nos mains. Nous sommes censés maîtriser le passé, et sans un système d'archivage correct, comment veux-tu que…

Le jeune rouquin lui adressa une moue suppliante, celle qui fonctionnait à tous les coups. Son calcul était bon : Satis soupira mais ne put s'empêcher de sourire et de se lever.

Les trois amis prirent la direction du réfectoire. En chemin, alors qu'ils traversaient la cour, une grande ombre venue du ciel leur fit lever la tête.

Le rapace les survola avant de se poser sur la plus haute tour du bâtiment : la volière.

Basty poussa un sifflement impressionné.

– J'y crois pas ! C'est un oiseau royal. Ce n'est que le troisième que je vois depuis ma naissance ! Je me demande quel souverain peut nous écrire…

– Tu pourras questionner ton chef après déjeuner. Tu es de corvée cet après-midi, n'est-ce pas ?

Le jeune garçon hocha la tête et retourna à sa contemplation. Il avait tendance à penser que le monde s'arrêtait à leur royaume. Tout y était si ordonné, si paisible, si… logique. Mais ce jour-là, en voyant deux mains saisir l'oiseau avec empressement, il sentit comme un nœud se former dans son ventre : quelque chose d'inhabituel allait se produire.

Comme pour lui donner raison, le rapace poussa un cri strident avant que la fenêtre se referme brusquement derrière lui.

# Chapitre 10

## Bienvenue chez les Hiboux

Basty avait eu beau questionner son responsable, il n'en avait rien obtenu : pour « corriger sa curiosité », le maître fauconnier l'avait envoyé nettoyer les fientes, au grand désarroi du jeune homme.

Le jour qui suivit cet étrange pressentiment, Héla parvint en vue du royaume. La nuit tombait. La jeune femme était à bout de forces.

En trois jours de chevauchée, elle s'était à peine arrêtée, dormant une ou deux heures tout au plus chaque soir, par crainte que les Dragons la rattrapent. Elle n'avait avalé, en tout et pour tout, que quelques fruits et du pain. Ils ne pouvaient pas savoir où elle se rendait, tentait-elle de se rassurer, mais la peur ne lui avait laissé aucun répit. Et s'ils avaient deviné ? Et si Hermien avait parlé ?

Arion s'était mis à boîter quelques kilomètres avant Kolanthes, la capitale des Hiboux. Après l'avoir examiné, Héla avait réussi à retirer le caillou pointu et fin qui l'avait blessé au sabot. Pour lui éviter des douleurs supplémentaires, elle avait choisi de marcher à ses côtés le reste du trajet.

Quand l'enceinte du royaume apparut, tous deux grelottaient d'épuisement.

Le pont-levis était baissé. Héla franchit les portes en claudiquant, avec l'énergie du désespoir, son cheval sur les talons. Elle aurait vendu père et mère pour un lit et un bain bien chaud.

Une femme vint à sa rencontre. Est-ce qu'elle l'attendait ? Son visage aux traits doux rassura spontanément la jeune fille.

– Que pouvons-nous faire pour vous, Héla, fille des Deildegast du royaume des Corbeaux ?

Héla en resta bouche bée quelques instants, oubliant la tirade qu'elle avait préparée durant son trajet.

– Je comprends votre surprise, reprit la femme avec un sourire maternel. Sachez que nous avons été informés de votre potentielle venue par une missive du royaume des Dragons envoyée par le prince Claus en personne. Ils vous recherchent activement. Quand nos guetteurs nous ont signalé qu'une jeune femme approchait, le lien a été plutôt simple à établir.

Comme Héla blêmissait, si tant est qu'elle le pût davantage, la femme s'empressa de poursuivre.

– Vous n'avez rien à craindre, ils ignorent tout de votre présence ici. Ils nous ont uniquement signifié votre disparition en nous priant de les contacter si nous avions du nouveau. Mais nous ne sommes pas un service de renseignement, et nous respectons la neutralité dans les conflits qui nous entourent : tranquillisez-vous, vous ne risquez rien.

Même si ses jambes tremblaient de fatigue et d'angoisse, Héla réussit à faire un semblant de révérence.

– Pardonnez mon allure, madame, tout autant que ma surprise. J'ai fait une longue route pour demander à votre peuple conseil et assistance. Je ne savais vers qui me tourner hormis les Hiboux, connus entre tous pour leur sagesse et leur expérience. Puis-je solliciter une audience ?

La femme Hibou lui rendit sa révérence avec grâce.

– Bien entendu, mon enfant. Je vais faire remonter votre requête immédiatement. Le conseil des Anciens vous recevra dès qu'il le pourra. En attendant, nous allons vous préparer une chambre dans l'aile réservée aux invités. Vous avez grandement besoin de repos.

Héla fit mine de se tourner vers son cheval. La femme réagit aussitôt.

– Ne vous inquiétez pas pour lui. Votre compagnon sera entre de bonnes mains.

Elle leva le bras en direction d'un étudiant posté non loin. Celui-ci trottina vers elles.

– Atum, conduis ce cheval aux écuries et veille sur lui.

Le jeune palefrenier, avec un léger salut de la tête, prit la longe d'Arion.

Héla s'approcha de l'animal, les larmes aux yeux.

– Pardonne-moi, Arion. J'aurais dû faire plus attention.

L'animal s'ébroua.

– Il est blessé au sabot, expliqua Héla. Une petite pierre s'était logée dessous. Je l'ai retirée, mais je crois que ça s'est infecté. C'est un cheval merveilleux qui appartient à un ami très cher… Je vous en supplie, soignez-le !

Atum lui répondit doucement :

– Ne vous en faites pas, mademoiselle. Je ferai de mon mieux pour qu'il soit vite sur pied.

Rassurée par ce regard franc, la jeune Corbeau rejoignit la femme, qui l'attendait patiemment.

– Mon nom est Khepri. Je fais moi-même partie du Conseil, et je puis vous assurer que nous allons nous organiser au plus vite pour vous recevoir. Si vous avez une quelconque requête durant votre présence ici, n'hésitez pas à m'en faire part.

– Merci, madame. Je ne souhaite pas abuser de votre hospitalité. Si le Conseil veut bien m'entendre, j'espère obtenir sa protection pour retourner chez moi.

– Pour le moment, vous n'êtes pas en état, ma chère. Souciez-vous d'abord de vous refaire une santé !

Elles étaient parvenues devant une petite porte en bois, à l'écart des couloirs principaux.

– Voici votre chambre, annonça Dame Khepri. Un repas vous attend à l'intérieur. Dormez, ne vous inquiétez de rien. À votre réveil, nous reparlerons de votre situation.

Héla eut à peine la force de la remercier. Elle pénétra dans la pièce, simple, mais confortable. De toute façon, elle était tellement épuisée qu'elle ne voyait que le lit. Elle se laissa tomber dessus tout habillée et s'endormit immédiatement d'un sommeil sans rêves.

Ding, ding, dong ! Un carillon sortit Héla de sa torpeur. Elle avait dormi toute la nuit, sans interruption. En ouvrant les yeux, elle ne savait plus où elle se trouvait.

Une bassine d'eau chaude fumante l'attendait près de la cheminée, où brûlait un grand feu. On avait apporté un nouveau repas. Celui de la veille, qu'elle n'avait pas touché, avait été débarrassé.

Héla fut troublée en pensant que tout cela avait été fait dans son sommeil. Elle se sentit à la fois vulnérable et reconnaissante.

Elle s'approcha de la petite fenêtre pour regarder à l'extérieur. Même sur la pointe des pieds, elle ne pouvait voir la cour ; seuls le sommet des montagnes à l'horizon et le ciel blanc lui apparurent, resplendissants.

La jeune femme s'étira longuement, encore courbaturée de sa folle chevauchée de la veille. Elle retira ses vêtements, qui avaient eux aussi souffert du voyage, et se glissa avec bonheur dans l'eau tiède.

Adossée contre le rebord en bois, elle savoura la sensation de chaleur qui l'envahissait peu à peu. Ensuite, elle courrait demander des nouvelles d'Arion mais, d'abord, elle avait besoin de ce moment de paix.

Claus, Erebe, la lettre de sa mère, sa fuite… À travers ce demi-sommeil dans lequel elle flottait encore, tout cela lui paraissait flou. L'angoisse ferait son retour dès qu'elle serait réveillée, elle ne le savait que trop !

En sortant de son bain, la jeune fille eut l'agréable surprise de trouver une tenue propre et pliée près de la bassine : un pantalon en toile, une chemise de laine et de chanvre légèrement bouffante aux épaules, ainsi qu'une veste assez chaude pour résister aux vents frais de haute altitude. Il y avait aussi de belles bottes qui, constata-t-elle avec joie, lui allaient à la perfection.

Elle savoura chaque bouchée du copieux petit déjeuner qui lui avait été apporté, s'assura de bien ranger sa précieuse lettre dans sa nouvelle tenue et sortit de sa chambre, reposée et impatiente d'obtenir des réponses à ses questions.

Elle tomba sur Dame Khepri au détour du couloir.

– Je venais justement voir si vous étiez réveillée, dit l'Ancienne. Comment vous sentez-vous, ce matin ?

– Bien, je vous remercie. Je suis confuse d'avoir dormi si longtemps.

– Voyons, ma chère, c'est bien naturel ! Vous en aviez besoin.

– Je ne voudrais pas paraître incorrecte, mais… Savez-vous quand je pourrai rencontrer le Conseil ? Ma situation est plutôt urgente…

– Le Conseil vous recevra dès aujourd'hui, après le coucher du soleil. J'ai insisté auprès d'eux pour que votre cas soit traité en priorité.

– Je vous remercie de votre considération, répondit la jeune femme malgré sa frustration.

Devoir attendre toute une journée, encore !

Dame Khepri sembla deviner ce qui la tourmentait et lui pressa l'épaule.

– Patience, ma chère. Je viendrai vous chercher ce soir pour vous mener devant le Conseil. En attendant, profitez de votre temps libre pour visiter les lieux et vous reposer encore.

Héla, après une petite révérence, suivit des yeux la femme Hibou tandis que celle-ci disparaissait dans le couloir.

La jeune Corbeau repensa immédiatement à Arion : comment allait-il ? Elle dut demander son chemin à quatre reprises pour trouver les écuries, mais elle finit par y arriver.

C'est ainsi qu'elle se rendit compte que l'uniforme qu'elle portait était identique à celui des étudiants, à ceci près que le leur était gris pâle de la tête aux pieds.

Tandis qu'elle s'approchait du long bâtiment en pierres, elle reconnut l'odeur si réconfortante des écuries. Son cœur se serra en pensant à Hermien. Pourvu qu'il n'ait pas eu d'ennuis à cause d'elle !

– Vous cherchez que'que chose, mam'zelle ?

Une fillette d'environ douze ans la tira de sa rêverie. Sa tignasse blonde et son petit nez retroussé lui donnaient l'air impertinent.

– Euh, oui, répondit Héla, je cherche mon cheval. Je suis arrivée hier et...

– Bien sûr, je vois. ATUM !!! cria l'apprentie sans prévenir.

Héla sursauta. La fillette eut un léger haussement d'épaules, comme pour s'excuser.

– L'est toujours fourré on ne sait où. Plutôt que de chercher, autant l'appeler directement !

Cette méthode semblait fonctionner, puisque le jeune garçon déboula aussitôt.

– Qu'est-ce qui t'arrive, Shani ? J'ai entendu ta douce voix mélodieuse...

L'enfant lui fit une grimace et montra Héla d'un signe de tête.

– La mam'zelle qu'est arrivée hier voudrait des nouvelles de son cheval.

Atum, s'inclinant devant Héla, lui proposa de la conduire auprès de lui.

– Arion a été très courageux. Sa blessure s'était infectée, mais je lui ai posé un cataplasme pour calmer l'inflammation. Il semble déjà aller mieux. Je lui ai donné quelques herbes anti-douleurs et il a mangé plusieurs pommes sans problème.

Héla sourit, amusée.

– Ça ne m'étonne pas, c'est son péché mignon. Merci d'avoir pris soin de lui !

– C'est bien normal.

Ils étaient à peine arrivés devant la stalle qu'Héla courut caresser Arion. L'animal hennit doucement en frottant sa tête contre son bras.

– ATUUUUUUUUUUUM !

La voix délicate de Shani retentit à nouveau à l'extérieur du bâtiment.

– Désolé, je reviens au plus vite, s'excusa l'étudiant. Elle a toujours besoin de moi pour tout et n'importe quoi.

Héla, avec un petit rire, confia à son cheval :

– Ce garçon est adorable. Hermien l'apprécierait, qu'en dis-tu ? Tu as l'air vraiment bien, ici. Je suis rassurée de voir qu'on te traite correctement.

Mais Atum était déjà de retour, et il n'était pas seul. Il tenait par la main un jeune garçon roux au regard curieux.

– Pardon, mademoiselle. Mon petit ami ne pouvait manifestement pas se passer de moi une minute de plus.

Héla fit une petite révérence au nouveau venu. Voir deux garçons ensemble s'afficher aussi ouvertement, voilà qui était peu courant dans son royaume – et carrément impensable dans celui des Dragons. Mais après tout, pourquoi les juger ? Comme si on pouvait choisir de qui on tombait amoureux !

La jeune femme vit dans ce charmant duo un bon présage de l'ouverture d'esprit des Hiboux et leur sourit franchement.

– Enchantée, monsieur le petit ami d'Atum.

– Oh, euh, je m'appelle Basty, répondit celui-ci en rougissant. Le plaisir est pour moi, mademoiselle Héla.

– Tout le monde connaît donc mon nom, dans ce royaume ? s'étonna la jeune femme.

– Faut dire qu'on a rarement de la visite. Alors, quand on a un invité, forcément, ça fait vite le tour ! Qu'est-ce que vous venez faire par chez nous ?

Atum lui donna un coup de coude prononcé dans les côtes, ce qui amusa Héla.

– J'aimerais pouvoir vous en parler, malheureusement, il n'y a pas que mon destin qui est en jeu...

Ding, ding, dong ! Basty bondit.

– C'est l'heure du déjeuner ! Dépêchons-nous, ou il n'y aura plus de place près des cuisines et nous n'aurons pas de rab. Déjà que j'ai failli être en retard… J'avais le superbe aigle royal de l'autre jour à préparer. Apparemment, il rentre bientôt chez lui. Quelle bête magnifique ! Je ne faisais pas le malin, il est vraiment immense !

Il interrompit son monologue pour prendre son compagnon par la main.

– Vous venez, mademoiselle Héla ? Vous devez être affamée !

La jeune femme fit une dernière gratouille à Arion.

– À une condition, répondit-elle en refermant la porte du box derrière elle.

– Laquelle ? demanda Atum, intrigué.

– Cessez de m'appeler mademoiselle ! « Héla » tout court ira très bien.

# Chapitre 11

## Entrevue avec les Anciens

Les deux garçons conduisirent Héla dans la salle du réfectoire. Leur amie Satis leur avait gardé une table près des cuisines. Basty lui colla un baiser sonore sur la joue.

– Tu vois, c'est exactement pour ça que je t'aime !

La jeune fille rit de bon cœur avant de faire un clin d'œil à Héla.

– Ce n'est pas bien difficile d'être aimé de Basty, il suffit de le soutenir dans sa quête infinie de nourriture.

Le déjeuner fut très agréable pour tout le monde. Les trois Hiboux, brûlant de curiosité, essayèrent toutefois de ne pas poser de questions indiscrètes, et Héla s'amusa beaucoup à parler de son royaume et des mille inventions de son peuple qui enchantaient son quotidien, enfant.

– Un jour, j'irai voir ça par moi-même ! s'écria Atum en brandissant sa fourchette comme une épée. Vos machines ont l'air incroyables. On nous en a parlé en Histoire contemporaine, mais jamais avec autant de détails. Dire que vous avez créé des engins capables d'exécuter les tâches ménagères à votre place !

Satis renifla avec dédain.

– Il nous faudrait des intervenants des différents royaumes pendant nos cours. De vrais habitants, pas des feuilles de rapports datées d'il y a plusieurs mois !

– Attention, chuchota Basty à Héla tout en finissant sa tarte aux pommes. Ne la lance pas sur ce qui ne va pas dans notre royaume ou tu en auras pour la journée !

Héla repensa à la menace qui pesait sur le sien avec mélancolie. Comme s'ils l'avaient remarqué, les autres changèrent discrètement de sujet.

L'après-midi fut tout aussi doux. Atum dut les abandonner pour son cours de cartographie, Satis le suivit peu de temps après pour son option de langue morte. Basty, qui n'avait pas cours et avait terminé ses corvées, resta avec la Corbeau. Leur enfance, leurs affinités, leurs passions… Ils abordèrent tous les sujets et, bientôt, c'était comme s'ils s'étaient toujours connus.

Les deux amis étaient installés en haut d'une butte lorsque Dame Khepri vint à leur rencontre.

– Le conseil des Anciens est prêt à vous recevoir, mademoiselle Héla. Suivez-moi, s'il vous plaît, annonça-t-elle.

– Bonne chance ! lui souffla son compagnon. Ne t'en fais pas, je suis sûr qu'ils t'aideront.

Héla ne répondit rien mais elle lui lança un regard plein d'espoir. La mentor pressait déjà le pas vers l'immense bâtiment surplombant le parc.

Quand elles furent presque aux portes du château, Basty se leva et cria :

– On t'attendra sous le grand châtaignier de la cour !

Malgré la distance, il devina le sourire d'Héla et aperçut son petit signe de la main. Elle savait qu'elle n'était pas seule, c'était le plus important.

Les encouragements de Basty étaient cependant bien loin quand Héla et Dame Khepri atteignirent la salle du Conseil. Les portes s'étaient ouvertes à leur approche, comme si elles les avaient vues arriver.

Pétrie d'angoisse, la jeune fille s'avança.

Ce qu'elle découvrit lui coupa le souffle. Tant de monde, juste pour elle, était-ce bon signe ? Une quinzaine de personnes étaient présentes, assises devant les draperies qui tapissaient les murs, l'empêchant d'en admirer les détails. Celle du fond était la plus imposante. Héla devina qu'elle représentait un maître et son apprenti, réunis autour d'un gigantesque ouvrage. Une tête de Hibou y était dessinée, avec force détails sur le grimoire. Il sembla à la jeune femme que l'animal la fixait du regard. Sans doute était-ce destiné à intimider l'invité… En l'occurrence, cela fonctionnait parfaitement.

Sur les côtés, d'antiques tapisseries dépeignaient des alliances et des déclarations de guerre, Héla n'aurait pas su dire lesquelles.

Heureusement pour elle, Basty lui avait décrit ce qui constituait, selon lui, un Conseil ordinaire : « Cinq membres des Anciens siègent à la table d'honneur, au centre de la salle. Ils président, mais les décisions se prennent de manière collective, après consultation de l'assemblée. »

Quand elle était entrée, un lourd silence s'était installé. Alors qu'Héla se demandait, éperdue, comment s'introduire elle-même, le plus âgé des hommes se leva. Sa barbe de vieux mage lui arrivait à la ceinture et d'épais sourcils broussailleux cachaient presque ses yeux.

D'une voix monocorde, quoique pas désagréable, il commença :

– Bienvenue parmi nous, jeune fille. Je suis Éloi, chef du conseil des Anciens. Êtes-vous bien Héla Deildegast, fille d'Andhrimnir et Sygin Deildegast du royaume des Corbeaux ?

– Oui, c'est bien moi.

– Confirmez-vous que vous avez été promise au prince Erebe, fils du roi Géryon du royaume des Dragons ?

– Oui, mais…

– Confirmez-vous que votre union aurait dû être consommée il y a plusieurs lunes de cela et que vous avez mis fin à votre accord en fuyant sans prévenir qui que ce soit ?

– Mais comment savez-vous que…

– Reconnaissez-vous également qu'un accord ayant été signé entre vos deux royaumes, votre place devrait être auprès de votre futur époux ?

– Laissez-moi parler !!!

Le vieil homme parut offusqué, peu habitué à se faire interrompre, toutefois il lui fit signe de s'exprimer.

« Réfléchis bien, Héla. Tu ne peux pas abandonner maintenant. » Comment parvenir à leur faire comprendre les tenants et les aboutissants de ce mariage sans passer pour une jeune fille capricieuse ou inconstante ?

Elle inspira un grand coup, se redressa et parla d'une voix claire.

– Chers membres du Conseil, vous avez l'air fort bien informés sur beaucoup de points, mais pas sur la raison qui m'amène ici. Je n'ai pas fui le royaume des Dragons par peur de l'engagement.

Une femme blonde assise à la droite d'Éloi lui répondit avec gentillesse :

– Vous savez, personne ici ne vous jugerait. Nous essayons d'énumérer les faits pour apporter le conseil le plus pertinent possible à votre demande, rien de plus.

– Ce mariage était arrangé et ne me convenait pas au départ, je ne prétendrai pas le contraire. Mais je l'avais accepté, et je n'aurais pas renié un accord entre nos deux royaumes pour mon opinion ou mon propre bien-être. Si j'ai agi ainsi, c'est à cause de *ceci.*

Elle sortit la lettre de sa mère de sa poche et la brandit, le cœur battant.

– J'ai ici la preuve que les raisons officielles d'union entre nos deux nations ont été dépassées par des raisons personnelles officieuses. Je n'ai pas été choisie pour ma beauté ou mon intelligence, comme je le pensais naïvement, mais parce que ma mère, Sygin Deildegast, est victime d'un chantage honteux. Si les Dragons ont souhaité me marier à leur prince, c'est pour la forcer à leur fournir une arme assez puissante pour leur permettre de mener une attaque d'envergure contre un royaume voisin. D'après cette missive, ma mère a tenu tête longtemps. Cependant, puisque ma vie était désormais en jeu, elle n'a pas eu d'autre choix que de céder pour me protéger.

Cette dernière phrase fut prononcée dans un souffle. Héla se reprit et conclut plus fort :

– Voilà pourquoi j'ai fait ce long trajet, pourquoi j'ai fui cette union. Les conséquences auraient été trop graves. Je ne sais pas quoi faire, alors je suis venue vous demander votre aide. Tout le monde sait que vous êtes les plus sages en ce monde, et votre parole est écoutée de tous. Je vous en supplie, raisonnez le roi Géryon ! Il a l'intention de décimer un peuple entier !

– Un peuple entier ? Lequel ?

Éloi s'était rassis, accablé, mais son regard brillait d'une lueur vive.

– Tout laisse à penser, d'après ce que j'ai entendu là-bas, que cela concerne les Abeilles. Le roi Dragon compte asseoir sa domination sur eux.

Chacun se mit à parler à son voisin dans un brouhaha général.

– Pouvons-nous voir cette lettre ?

Héla eut un instant d'hésitation. Puis elle se résolut à la leur donner. Impossible de convaincre sans montrer de preuve.

– Je sais combien votre neutralité compte pour vous. Mais là, nous parlons de ce qui serait le début d'une ère d'horreur et de massacres ! Si le roi Géryon réussit, il ne s'arrêtera pas là. Il mettra tous les royaumes au supplice, le vôtre compris !

La missive passa de main en main pendant un long moment. Le silence revint progressivement.

– Nous allons examiner votre situation et nous reviendrons vers vous au plus vite, conclut Dame Khepri, qui s'était installée parmi l'assemblée. Nous vous remercions sincèrement d'avoir pris autant de risques pour nous informer de cette situation.

Même si elle ne se tenait pas derrière la table, elle semblait avoir une certaine influence au sein du Conseil. Tout le monde acquiesça après sa déclaration.

Héla fit une profonde révérence, les jambes chancelantes, et sortit à pas lents.

Une fois la porte refermée, la jeune femme eut du mal à contenir son émotion. Si l'adrénaline lui avait permis de tenir durant l'entretien, elle se sentait maintenant extrêmement fatiguée.

Penser à ses trois amis lui rendit ses forces ; elle courut au lieu du rendez-vous.

Elle les trouva au pied du châtaignier, comme convenu, bavardant avec légèreté. Leurs rires s'arrêtèrent net quand ils la virent arriver.

– Ça ne s'est pas bien passé ? demanda doucement Basty.

Héla, la gorge nouée, voulut répondre… et elle éclata en sanglots. Elle tomba à genoux en se cachant le visage.

Il fallut un long moment avant qu'elle puisse parler.

– Merci, merci beaucoup. Je crois que j'avais accumulé un peu trop de pression, déclara-t-elle en relevant la tête.

Elle avait les yeux rouges et gonflés, et son nez dégoulinait.

Basty, Atum et Satis, tous les trois en même temps, eurent le réflexe de lui tendre un mouchoir. La scène sembla se figer… puis Héla gloussa, ce qui provoqua l'hilarité générale.

– Je vais prendre les trois, dit-elle une fois qu'elle eut repris son souffle.

– Est-ce que tu veux nous en parler ? questionna Basty tandis qu'elle se mouchait bruyamment.

Héla regarda ses nouveaux amis. Ils l'avaient accueillie et soutenue sans rien demander en retour, avec une gentillesse infinie... et elle avait cruellement besoin d'amitié et de conseils.

Elle s'assit en tailleur et s'adossa contre le tronc de l'arbre. Sa rugosité la réconforta.

– J'espère que vous n'êtes pas pressés...

Son récit dura plus d'une heure, ponctué des questions et des réactions de ses compagnons.

Les garçons étaient persuadés que le Conseil choisirait de l'aider. Il n'y avait aucun doute. Satis faisait preuve d'un enthousiasme plus modéré, mais elle rejoignait l'opinion de ses amis : tout semblait indiquer que le Conseil ne resterait pas passif face à une situation si délicate.

Héla alla se coucher à bout de nerfs, endolorie, mais rassurée. Quoi qu'il arrive, ses dieux veilleraient sur elle comme ils l'avaient toujours fait. Elle les remercia d'avoir placé sur sa route des personnes si bienveillantes et s'endormit, reconnaissante malgré toutes ces épreuves.

# Chapitre 12

## Le verdict

Deux jours passèrent sans qu'aucun entretien ne lui soit accordé. Si, au départ, Héla avait accepté – avec une patience toute relative – cette situation, elle commençait sérieusement à se faire du souci.

Les trois compères tentaient de la rassurer de leur mieux. Après tout, la décision n'était pas facile à prendre. La sagesse avait besoin de temps pour s'exprimer.

Ils voyaient cependant leur amie dépérir peu à peu. Ce fut donc un véritable soulagement lorsqu'une femme aux traits durs et fermés vint interrompre leur flânerie, juste après le déjeuner.

– Les Anciens ont pris leur décision, Héla fille du royaume des Corbeaux. Ils vous attendent.

La jeune fille la remercia d'une révérence rapide puis, après un bref salut à ses compagnons, s'empressa de lui emboîter le pas. Son interlocutrice n'avait pas la douceur de Dame Khepri. De toute évidence, elle n'était pas disposée à l'attendre, ne serait-ce qu'une minute.

Héla pénétra dans la grande salle, plus anxieuse qu'impressionnée. Une grande partie des Anciens, debout, débattaient avec passion. Ils ne l'avaient sans doute pas remarquée.

Dame Khepri était présente, au grand soulagement de la jeune Corbeau. La femme lui fit signe de s'avancer avec un sourire aimable.

– Veuillez nous excuser, Héla du royaume des Corbeaux, nous ne sommes pas tout à fait prêts. Mais nous nous doutions de votre impatience, aussi ne vous ferons-nous pas attendre davantage.

Éloi prit place au centre de la table. Aussitôt, les bavardages cessèrent. Les autres membres du Conseil s'assirent les uns après les autres et le silence fut bientôt rétabli.

Le plus âgé des Anciens détailla Héla quelques secondes avant de prendre la parole d'une voix légèrement enrouée, signe que les discussions avaient dû se prolonger tard dans la nuit.

– Nous avons débattu de votre cas pendant un long moment. Croyez bien que la situation a été retournée dans tous les sens. Cependant… hum ! en conclusion… nous ne pouvons rien pour vous.

Héla sentit ses jambes vaciller. Alors, c'était tout ? Elle avait fait tout ce périple pour *ça* ?

– Nous regrettons que vous ayez entrepris un voyage si périlleux sans escorte, reprit le doyen comme s'il lisait dans ses pensées, et nous regrettons tout autant le déshonneur dans lequel cette situation vous a plongée. Mais nous ne nous mêlons pas des affaires des autres royaumes, comme vous le savez. Nous ne faisons que consigner les faits.

– Vous n'allez pas rester passifs face à la menace d'un tel massacre ! s'étrangla Héla. Vous avez le pouvoir de l'empêcher, c'est… c'est criminel de…

– La décision du Conseil est prise, mademoiselle Héla. Nous comprenons votre colère et votre chagrin. Vous êtes autorisée à demeurer chez nous quelques jours, le temps de décider quelle sera votre prochaine destination. Mais nous ne pouvons rien faire de plus.

– Faux ! Vous ne *voulez* rien faire de plus ! Avez-vous seulement écouté ce que je vous ai dit hier ? Où pourrais-je bien me rendre ?

– Votre fiancé acceptera peut-être de vous reprendre…, marmonna le vieil homme, embarrassé.

Héla en resta bouche bée. Elle jeta un regard à la ronde. À part Dame Khepri, tous baissaient les yeux.

– Que vous le vouliez ou non, vous jouez un rôle dans l'Histoire de notre monde. Vous êtes acteurs de ce qui se passe aujourd'hui. Vous êtes *responsables* !

– Mademoiselle Héla, merci de bien vouloir suivre notre consœur, Neith, qui vous conduira à vos appartements. Prenez le temps de vous remettre de vos émotions avant le souper. Comme convenu, nous vous offrons l'asile le temps que vous trouviez une solution…

La femme qui l'avait conduite ici entra dans la salle. Elle attendait sûrement cet instant depuis le début, campée derrière la porte.

Héla n'eut d'autre choix que de la suivre, non sans lancer un regard de mépris à l'assemblée.

Une fois seule dans sa chambre, elle prépara son paquetage en vitesse. Elle n'avait qu'une hâte, retrouver ses amis et leur demander leur avis. Que faire, maintenant ? Rentrer chez elle ? Impossible, cela mettrait sa famille en péril. Les Dragons surveillaient sans doute déjà sa maison. Et les Abeilles… si elle tentait de les prévenir ? Elle parviendrait peut-être à rencontrer ce Shen dont Hermien avait parlé.

Ses réflexions furent interrompues par le retour de Neith, la femme revêche qui l'avait escortée.

– Excusez-moi, mademoiselle Héla, Dame Khepri souhaiterait vous voir immédiatement.

La jeune fille eut soudain un espoir insensé : Dame Khepri était influente... Elle avait peut-être réussi à convaincre le Conseil et les sages avaient changé d'avis ? Tout n'était pas perdu !

La Corbeau se mit en marche à la suite de Neith, le long de couloirs déserts, jusqu'à une petite porte dérobée dans une alcôve. Une tenture avait été relevée pour dévoiler l'ouverture. Peu de monde connaissait cet endroit, cela ne faisait aucun doute.

La jeune fille haussa un sourcil. Pourquoi la recevoir dans un lieu si reculé ? Elle commençait à regretter de n'avoir pas eu le temps de prévenir ses amis...

Neith s'inclina pour la laisser passer.

– Dame Khepri ne peut vous recevoir dans son bureau à la vue de tous, vous comprenez ?

Soit ! Héla inspira un grand coup et passa la porte. La pièce était sombre, éclairée par une unique chandelle posée sur un guéridon. Un grand miroir sur le mur de droite, un fauteuil violet élimé dans un coin... Rien d'autre. Pas de trace de l'Ancienne.

Avant même d'avoir eu le temps de se retourner, la jeune fille entendit la porte claquer et la clé s'agiter dans la serrure.

– Pardonnez-moi, mademoiselle, ce n'est pas contre vous… Malheureusement, certains membres du Conseil ont jugé préférable de prévenir les Dragons de votre arrivée, et ces derniers n'apprécieraient pas du tout de ne pas vous trouver lorsqu'ils viendront vous chercher.

Héla en eut le souffle coupé.

– Comment osez-vous ? cria-t-elle à travers la paroi de sa cellule. N'étiez-vous pas censés rester neutres ? Tout à l'heure, il me fallait quitter le royaume pour que vous ne soyez pas mêlés à cette histoire !

– Tout le Conseil n'est pas de cet avis, mademoiselle. Savez-vous que les Dragons offrent une solide récompense pour votre capture ? Bien entendu, même si nos finances ne sont pas au plus haut, le Conseil a refusé tout marchandage. Heureusement, certains Anciens sont plus raisonnables. Ils se sont réunis en secret et vous voilà ici. Vous pourrez hurler, tambouriner à cette porte, personne ne vous entendra.

Neith s'était à peine éloignée de quelques pas que la jeune fille se mettait effectivement à appeler à l'aide.

– Surtout, n'y voyez rien de personnel.

# Chapitre 13

## On ne t'abandonnera pas !

Au pied de leur arbre fétiche, les trois compagnons profitaient d'un beau soleil en attendant que l'entrevue d'Héla se termine.

Basty était allongé, la tête posée sur les jambes d'Atum, lui-même assis contre le tronc du châtaignier. Satis, elle, faisait les cent pas. C'est elle qui aperçut Neith la première. Les garçons bondirent aussitôt sur leurs pieds.

– Je suis venue vous annoncer que mademoiselle Héla du royaume des Corbeaux nous a quittés à l'instant. Elle n'avait pas le temps de vous faire ses adieux, c'est pourquoi elle m'a demandé de vous transmettre ses remerciements les plus sincères.

Le trio se regarda, incrédule. Neith commençait déjà à rebrousser chemin quand Basty l'arrêta.

– Attendez !!! C'est impossible, elle n'avait nulle part où aller. Où serait-elle partie ? Le Conseil lui a-t-il apporté son aide ?

– Cela ne vous regarde pas, apprenti Basty. Si votre « amie » n'a pas voulu vous en dire davantage, ce n'est pas à moi de le faire.

– Et comment est-elle partie ? questionna Atum. Son cheval n'est pas en état de reprendre la route, il ne tiendra pas longtemps sur les chemins de montagne…

– Nous lui avons donné un de nos chevaux, le coupa Neith avec un mouvement dédaigneux de la main.

– Ah, vraiment ? Et lequel ?

– Pensez-vous que je connaisse le nom de tous les animaux du royaume ? C'est votre travail, apprenti Atum, pas le mien !

Basty allait répliquer, mais Neith le devança :

– Je suis venue vous transmettre les adieux de cette jeune femme à sa demande. Continuez votre apprentissage, et peut-être un jour serez-vous amenés à vous revoir.

Son ton était sans appel : elle ne s'attarderait plus une seconde sur cette question. Après son départ, Atum et Basty se tournèrent comme un seul homme vers Satis.

– Quoi ? Pourquoi vous me regardez comme ça ?

– Tu n'as absolument pas réagi, expliqua Basty. Tu montes au créneau chaque fois qu'on te demande d'archiver d'une manière qui te déplaît et, là, on t'annonce que notre amie est soi-disant partie comme une voleuse et toi tu… tu…

– Puisqu'on vous dit qu'elle est partie ! Elle n'a pas jugé utile de nous dire au revoir, je ne vois pas pourquoi je la regretterais. Au fond, c'est vous qui ne supportez pas la vérité.

Les garçons se consultèrent du regard, l'air grave. Atum prit la parole de sa voix la plus calme, celle qui désamorçait tous les conflits.

– Satis, tu es la plus brillante d'entre nous. Ne me fais pas croire que tu ne trouves pas ça trop gros. Héla n'aurait jamais abandonné son cheval, elle l'adorait ! Où est-ce qu'elle aurait pu aller ?

– Et qu'est-ce que tu sous-entends, alors ? rétorqua la jeune fille sur un ton de défi. Que le Conseil *ment* ? Notre royaume n'intervient jamais dans les affaires extérieures, vous le savez très bien. Cette fois n'a pas fait exception. Héla s'est vexée et elle est partie, point final.

Les lèvres pincées, l'étudiante les considéra de son air scandalisé puis prit son sac et s'éloigna.

– Satis, attends ! S'il te plaît, essaie au moins d'être objective, reconnais que…

La jeune fille se retourna vers ses amis de toujours, hors d'elle.

– Ce que nous sommes, ce en quoi nous croyons, vous remettez tout en question si facilement pour une fille qu'on ne connaît que depuis trois jours ! Je ne mettrai pas en péril les objectifs de ma vie parce que vous voyez des complots partout. Revenez me parler quand vous aurez retrouvé la raison !

Les garçons la regardèrent partir, le cœur lourd. Il leur arrivait si rarement de se disputer ! Jamais, en tout cas, leurs querelles n'avaient porté sur un sujet si grave. Atum en avait les larmes aux yeux.

– Ne t'inquiète pas, tenta de le rassurer Basty. Elle est en colère parce qu'elle ne supporte pas de ne pas comprendre ce qui se passe. Elle va réfléchir, j'en suis sûr.

Son petit ami lui serra la main avec tendresse.

– Qu'est-ce qu'on fait pour Héla ? reprit Basty. Je ne peux pas croire qu'elle soit partie comme ça.

– Commençons par aller aux écuries. S'il manque un cheval, on s'en apercevra vite !

C'est hors d'haleine qu'ils se présentèrent devant Shani.

La fillette, en train d'empiler des ballots de foin, s'interrompit, la fourche encore levée.

– Shani, est-ce qu'un cheval est sorti du royaume aujourd'hui ? Est-ce qu'on en a fait partir un en mission ? Concentre-toi, c'est important ! lâcha Atum dans un souffle tandis que Basty reprenait sa respiration, une main sur son début de point de côté.

La jeune palefrenière haussa les épaules.

– Ah, ça, c'est pas difficile à dire ! Je n'ai pas bougé de l'après-midi, donc je suis formelle sur ce point : aucun n'a quitté son box.

Les deux garçons échangèrent un regard entendu.

– Par contre, maintenant que vous le dites… Il s'est passé un truc louche, tout à l'heure, reprit Shani en posant pensivement sa fourche. Une des attachées du Conseil est venue mettre un cadenas sur le box du cheval de la petite Corbeau. J'lui ai bien dit qu'on aurait du mal à s'en occuper si on pouvait plus accéder à sa stalle, mais elle m'a répondu qu'on viendrait le chercher bientôt, qu'on avait juste à le nourrir en attendant, que les autres soins pouvaient attendre.

Le sang d'Atum ne fit qu'un tour. Il fonça dans l'écurie et poussa un juron devant le cadenas qui bloquait la porte.

– DE RIEN, ATUM ! BONNE JOURNÉE À TOI AUSSI !

Basty arriva quelques secondes plus tard, comme porté par la douce voix de Shani.

– Par la barbe d'Éloi ! On ne peut même plus s'occuper de son bandage. Jamais on n'a enfermé un cheval. Ça n'a aucun sens !

Arion, comme s'il sentait le désarroi du jeune homme, avança la tête et lui donna de petits coups sur le bras pour le réconforter.

Les deux garçons le caressèrent un moment en réfléchissant à la situation.

– Héla est forcément encore là, chuchota Basty, de crainte que des oreilles indiscrètes ne traînent dans les environs. Mais pourquoi l'ont-ils enfermé ?

– Tu parles d'Héla ou d'Arion ?

– Des deux ! S'ils ont mis un cadenas sur ce box, tu peux être sûr qu'Héla est coincée quelque part, elle aussi…

– Alors il faut qu'on trouve où et qu'on la fasse sortir ! Le château est grand, mais pas au point de nous empêcher de la retrouver.

– Mettons-nous au travail ! lança Basty. On se sépare, on fouille de fond en comble le palais et on se retrouve au dîner pour faire le point. Table habituelle dans le fond près de la fenêtre aux rideaux déchirés ?

Sans même attendre la réponse de son compagnon, Basty s'éloigna en courant. Atum chuchota encore quelques mots à l'oreille d'Arion avant de se précipiter hors de l'écurie à son tour.

Les yeux brillants d'intelligence de l'animal le suivirent jusqu'à ce qu'il soit hors de vue. Tous les espoirs étaient maintenant entre leurs mains.

# Chapitre 14

## Tendres retrouvailles

Lorsque Atum entra dans le réfectoire, il avait l'air renfrogné.

Il alla s'asseoir à l'endroit indiqué par Basty et se laissa tomber brutalement contre le dossier de sa chaise.

Son compagnon n'était pas encore là, ce qui signifiait qu'il avait peut-être trouvé une piste. De son côté, il avait fait chou blanc. Il avait même parcouru les étages inférieurs, en vain.

Satis se cherchait une place à quelques mètres de lui, évitant ostensiblement son regard. Cela ne fit qu'augmenter sa colère. Il leva la tête vers le plafond et ferma les yeux pour tenter de s'apaiser.

– Tu devrais manger avant que ça refroidisse !

Un sourire apparut sur les lèvres d'Atum. Il garda les yeux fermés quelques secondes, avant de les rouvrir pour voir le visage pâle de Basty penché au-dessus de lui. Le jeune garçon déposa son plateau débordant de nourriture à côté du sien.

– Tu es sûr d'en avoir assez ? plaisanta Atum.

– Tu peux rire. J'ai besoin de toutes mes forces pour aller délivrer Héla tel un chevalier héroïque !

Sur ces mots pleins de sagesse, Basty commença à couper sa tourte aux champignons et l'engloutit sans demander son reste.

– Tu sais où elle est ? chuchota Atum en se redressant.

– Pas encore, mais ça ne saurait tarder. Tu vois cet homme, là-bas, à côté de Père Iset ?

– Le prof de linguistique et de langues anciennes ?

– Oui, le père Ebo. J'étais en train de perdre espoir quand je l'ai entendu dire, au détour d'un couloir, qu'il allait « apporter son dîner à l'invité non désiré ». Voilà mon plan : je mange en vitesse, et je le suis dès qu'il sortira de table. Je suis prêt à parier tous mes desserts jusqu'à la nouvelle année qu'il me conduira à Héla.

– Bien joué ! On ne devrait pas avoir de mal à le suivre, il n'a pas l'air d'un naturel angoissé.

– Bas de « on » qui tienne bour cette fois, articula péniblement Basty, un morceau de pain l'étouffant à moitié. Je le suivrai tout seul, tu attires trop l'attention.

Atum regarda son petit ami en coin, circonspect, tandis que ce dernier se servait un verre d'eau pour calmer la quinte de toux qui montait dans sa gorge.

– Et c'est moi qui attire l'attention ? reprit-il, narquois, quand Basty eut récupéré son souffle.

– C'est ça, moque-toi. Je suis sérieux, je te signale ! Tout le monde se retourne sur ton passage. Si j'ai une qualité, c'est celle de passer inaperçu, tu ne crois pas ?

Atum se pencha vers lui pour l'embrasser tendrement sur la joue.

– Pas pour moi, Basty. Même dans une foule immense, je te retrouverai toujours.

Le garçon n'eut pas le temps de répondre. Le père Ebo s'était levé et se dirigeait à pas lents vers le buffet pour prendre un plateau qui ne semblait attendre que lui.

Basty fit un baiser rapide à son compagnon, attrapa un dernier morceau de pain et sortit à la suite de l'Ancien.

Satis, surprise de voir son ami quitter la salle alors qu'il restait de la nourriture dans son assiette, tourna la tête vers Atum, les yeux ronds.

Elle n'obtint qu'un regard inexpressif.

Les joues rouges, elle baissa les yeux mais ne put s'empêcher de scruter la grande porte par laquelle le jeune homme venait de sortir. C'était la première fois en tant d'années d'amitié qu'ils se disputaient… et cela l'affectait bien plus qu'elle ne voulait se l'avouer.

Basty eut plus de mal que prévu à mener à bien sa filature. Le père Ebo avait manifestement quelque chose à cacher. Par deux fois, il se retourna et faillit découvrir la présence du garçon. Atum l'avait toutefois bien cerné : il était du genre lent. Basty, anticipant ses mouvements, put se dissimuler à temps.

Ils progressèrent ainsi une bonne vingtaine de minutes dans des couloirs déserts avant que, soudainement, le père Ebo s'arrête devant une mystérieuse tenture de velours rouge.

Un coup d'œil à droite, à gauche… Le temps que Basty se baisse pour être sûr de ne pas se faire repérer, le père Ebo n'était plus là.

L'adolescent resta caché quelques minutes. Et s'il avait tout simplement perdu le professeur ? Par chance, quelques instants plus tard, celui-ci sortit du « mur ».

Les mâchoires de Basty se contractèrent. Il lui semblait avoir entendu une voix enrouée, sans doute d'avoir trop appelé à l'aide. Héla…

Il se força malgré tout à attendre que le père Ebo referme la porte et s'éloigne. À quoi bon foncer tête baissée ?

Quand les pas du vieil homme se furent évanouis, l'étudiant s'avança jusqu'à l'ouverture dérobée.

Il leva la tenture… et retint un juron en découvrant la porte. Lui qui se vantait de connaître le bâtiment comme sa poche ! Cette petite promenade improvisée venait de lui démontrer qu'il n'en avait pas arpenté la moitié.

– Héla, es-tu là ? chuchota-t-il avec angoisse.

– Basty ?! Merci, ô merci ! s'écria la jeune fille sans pouvoir retenir ses pleurs. Comment as-tu fait pour me retrouver ?

– Ça n'a pas été facile… Je te raconterai plus tard ! D'abord, on te sort d'ici. Je vais revenir te chercher, je te le promets. Laisse-moi juste le temps de monter un plan avec Atum. Sans doute agira-t-on demain soir, il y aura moins de monde dans les couloirs.

– Oh, Basty, ce sera trop tard… Certains membres du Conseil ont menti… Les Dragons ont été avertis… Ils seront là d'un moment à l'autre !

– Quoi ?!

Comment auraient-ils pu être mis au courant de l'arrivée d'Héla ? Aucun homme n'avait quitté le royaume, ni…

Paf ! c'était le bruit de la grande claque que Basty venait de se donner sur le front.

– Bougre d'idiot ! se sermonna-t-il. Comment ai-je pu ne pas comprendre tout de suite ? L'aigle que j'ai moi-même préparé… On l'a relâché peu de temps après ton arrivée… Argh ! Dire que j'ai joué un rôle là-dedans, ça me…

– Ne t'en veux pas, je t'en prie ! l'interrompit Héla. Comment aurais-tu pu deviner ?

Basty approcha sa bouche au plus près de la serrure.

– On va te sortir de là, tu m'entends ? Ne perds pas espoir, on va trouver une solution et tu seras dehors en un rien de temps.

La jeune fille, entre deux sanglots incontrôlables, lâcha un énième « merci » plein de reconnaissance. Ses amis se battaient pour elle. Elle n'était pas seule.

Basty s'éloigna de la porte à contrecœur et partit en courant. Atum et lui ne s'étaient pas donné rendez-vous, mais ils se connaissaient bien : quand Basty arriva au pied de leur arbre fétiche, son petit ami était déjà là, malgré le temps glacial.

À son regard, Atum comprit qu'il l'avait retrouvée.

Basty ne savait pas par où commencer. La situation était bien plus grave que tout ce à quoi ils auraient pu s'attendre.

– C'est vrai, tu as vu Héla ? demanda soudain une voix féminine derrière l'imposant châtaignier.

À la stupeur des garçons, Satis sortit de l'ombre.

– Je ne voulais pas vous espionner… Vous n'êtes pas obligés de me raconter, si vous ne voulez pas.

Elle avait l'air sincèrement gênée.

– Tu l'as vraiment retrouvée ? insista-t-elle cependant. Elle est encore chez nous ?

Basty hocha la tête.

Ceux en qui ils croyaient depuis toujours, comme elle disait, ceux-là mêmes les avaient trahis et le garçon avait envie de le lui hurler. Mais d'abord, il avait besoin de s'assurer qu'elle était bien dans leur camp.

– Si vous voulez encore de moi, je… j'aimerais vous aider à la libérer. Je suis désolée, je ne sais pas ce qui m'a pris. J'ai beau pester contre tout ce qui ne tourne pas rond ici, je crois que j'avais une confiance absolue en notre société. C'est simple, je ne pouvais pas *comprendre* qu'on nous ait menti.

Satis se tut un moment avant de relever la tête.

– Force est de constater que je me suis trompée. Si Héla est effectivement retenue prisonnière dans nos murs, c'est un acte que nous ne pouvons cautionner ! Pas seulement parce qu'elle est notre amie, mais parce que c'est contraire à nos valeurs. Il est temps de remettre de l'ordre dans ce royaume !

Atum esquissa un sourire.

– Enfin, te revoilà ! Basty se demandait quand tu allais retrouver ta fougue habituelle.

– Oui, et je commençais à trouver le temps long, approuva le rouquin avec un haussement de sourcil amusé.

Les trois amis se tinrent un long moment enlacés, heureux de voir leur trio reformé.

Le moment d'effusion passé, Basty leur raconta tout ce qu'Héla lui avait appris.

– En gros, il faudrait qu'on la fasse sortir maintenant. Si les Dragons arrivent demain, on ne pourra plus rien pour elle.

– Il faut aussi penser à ce qu'elle fera une fois dehors. Libérer son cheval. Lui trouver un refuge et quelque part où aller, énuméra Satis en levant un doigt à chaque tâche nommée.

Basty acquiesça.

Atum, lui, faisait les cent pas.

– Même si on arrivait à ouvrir le cadenas qui retient Arion, le cheval ne sera clairement pas en état de voyager. Il faudra lui en préparer un autre. Asar serait parfait. Il est frais, dispos, docile en plus d'être rapide…

– Il faudra en préparer deux.

Satis et Atum se tournèrent en bloc. Basty avait prononcé cette phrase d'un ton si ferme qu'ils n'osèrent pas protester.

– Pourquoi deux ? questionna simplement la jeune femme.

Basty planta son regard dans les yeux d'Atum.

– Héla aura besoin d'aide. Je suis prêt à parier qu'elle tentera d'avertir les Abeilles. Et même si elle voulait rentrer chez elle, je refuse de la laisser affronter tout un peuple seule… Pour une fois que j'ai l'occasion de faire quelque chose d'utile ! Je ne veux plus attendre.

Le jeune homme se leva et prit les mains de celui qu'il aimait depuis si longtemps maintenant. C'est pour lui que sa décision serait la plus difficile à comprendre.

– Hors de question de rester ici les bras croisés pendant que tu risques ta vie. Je pars avec toi ! répliqua Atum.

– Tu n'auras pas les bras croisés ! Toi et Satis pouvez remettre de l'ordre dans ce royaume. Vos convictions sont fortes, vous avez du poids auprès des autres apprentis et les Anciens vous considèrent. Trouvez ceux qui partagent nos valeurs et vous réussirez à changer les choses ! Ceux qui sont corrompus doivent être démis de leurs fonctions, et je doute qu'ils acceptent de quitter leurs postes sans discuter.

Satis acquiesça, une larme sur la joue.

– On fera tout ce qu'il faudra, je t'en fais la promesse. Et quand tu reviendras, tu trouveras notre royaume changé ! Moderne, organisé… et réactif.

– Avec un système d'archivage optimisé ? compléta Basty en souriant.

– Idiot, renifla Satis, qui se leva pour le serrer contre elle. Tu es un idiot, Basty du royaume Hibou, mais tu es quelqu'un de bien. On y arrivera, on y arrivera tous les trois !

Atum ne disait rien. Il gardait les mâchoires serrées et les yeux baissés.

– Je t'en prie, dis-moi que tu comprends ma décision, souffla Basty en sentant les larmes lui monter aux yeux. Je ne pourrai pas partir sereinement si je n'ai pas ton approbation.

Atum l'embrassa avec tendresse.

– Je vais avoir un mal de chien à vivre sans toi. Te laisser partir me rend fou. Mais bien sûr, tu as tout mon soutien. Je t'aime, et je te jure à mon tour qu'on fera bouger les choses, à tel point que tu ne reconnaîtras pas cette ville quand tu rentreras !

– Hum ! N'exagérons rien, laissa échapper Satis.

Les trois amis se mirent à rire, tout en sanglotant à moitié.

– On forme quand même une sacrée équipe, conclut Basty en s'essuyant les yeux. Pas vrai ?

– Si, si. Les garçons, vous êtes adorables, et vous m'avez fait pleurer davantage en quelques minutes qu'en quinze ans de vie, mais… la situation est pour le moins *urgente* ! intervint Satis.

– Tu as raison. Une idée de comment procéder ?

– Non. À vrai dire, j'en ai plusieurs ! annonça-t-elle avec une expression malicieuse.

# Chapitre 15

## Ce n'est qu'un au revoir

Basty, de retour dans l'ombre d'un renfoncement de couloir, attendait. À ce rythme-là, il allait développer une passion pour les tentures en velours et les vieilles pierres !

Dong ! Le coup sonné par l'horloge du grand hall le ramena à sa mission. La légendaire organisation du royaume des Hiboux pourrait peut-être jouer en leur faveur. Lever à 5 h 30, coucher au plus tard à 23 h. Rares étaient ceux qui dérogeaient à la règle. Normalement, ils devraient être tranquilles, mais il y avait toujours un risque.

Il repensa au plan de Satis et aux mille choses qui pouvaient ne pas fonctionner.

Pendant qu'Atum sellait les chevaux, Satis devait récupérer une carte lisible et des vivres pour la route. De son côté, il était chargé de faire sortir leur amie de prison. Ce n'était pas une mince affaire !

À en juger par les ronflements sonores qui s'échappaient de sa chambre, le père Ebo dormait à poings fermés. Pourvu qu'il n'ait pas caché la clé de la prison de son amie ! Si les affaires du professeur étaient aussi bien organisées que ses cours, cela n'allait pas lui simplifier la tâche.

La porte n'était pas verrouillée. Rien de surprenant, puisque personne ne risquait rien dans l'enceinte de l'établissement. Le jeune rouquin laissa tout de même échapper un soupir de soulagement.

Il faisait sombre, mais le feu de cheminée était encore assez vif pour qu'on parvienne à se repérer dans la chambre sans se cogner.

Le regard de l'apprenti fut immédiatement attiré par une masse sur le lit. Rassuré, il constata que la silhouette avait une respiration profonde, signe d'un stade de sommeil avancé.

Basty rabattit la porte derrière lui et balaya la pièce du regard. Un gros fauteuil rembourré, une table basse jonchée de livres ouverts, un tapis d'un rouge devenu marron à cause de la poussière et, sur la droite, une grande commode couverte de bibelots plus bizarres les uns que les autres.

L'endroit empestait le renfermé et la transpiration.

« Voyons voir... Si j'étais un vieil homme avec un sens de l'ordre assez discutable, où est-ce que je rangerais cette fichue clé ? »

Le garçon décida d'ouvrir les tiroirs de la commode. Avec un peu de chance, il tomberait directement sur le bon. Il y en avait une bonne douzaine. Il se dirigea vers celui le plus à sa droite, s'éloignant le plus possible du père Ebo qui dormait toujours du sommeil du juste.

La main de l'apprenti se posa sur la poignée. Il tira lentement le compartiment vers lui… Criii ! Basty se figea tandis que l'homme s'agitait en soufflant bruyamment. Il grogna, puis se remit à ronfler aussitôt.

Une goutte de sueur perla dans le dos de l'étudiant. Si tous les tiroirs grinçaient ainsi, il allait finir par réveiller le professeur pour de bon. Mais tandis qu'il commençait à paniquer, découragé, il aperçut un ouvrage intrigant sur la table basse. Son marque-page semblait bien épais…

Le jeune rouquin s'approcha avec précaution et retira avec une joie intense la clé des pages du manuscrit.

Quelques minutes plus tard, Basty était de nouveau dans les couloirs, tenant contre lui le précieux sésame. Il parvint sans encombre devant la pièce où était enfermée Héla.

– Héla, c'est moi, Basty ! J'ai la clé, je vais te sortir de là !

Le mécanisme était ancien. Le Hibou passa de longues minutes à essayer de l'actionner, en vain.

Il ne pouvait pas se permettre d'abandonner si près du but ! Il souffla à plusieurs reprises pour se calmer et persista jusqu'à ce que, enfin, le mécanisme de la serrure s'active. Le « clic » libérateur lui sembla le plus doux bruit entendu depuis des lustres.

La jeune Corbeau lui tomba dans les bras.

– Vite ! Allons-nous-en.

Par miracle, il pensa à refermer la porte à clé derrière lui. Le chemin jusqu'aux écuries leur parut durer une éternité. Heureusement, tout le royaume était plongé dans un silence rassurant. Chacun dormait profondément.

– Tu sais où tu veux aller ?

– J'ai bien réfléchi. Je dois essayer de prévenir les Abeilles. Je ne sais pas s'ils me croiront, mais ce Shen… Apparemment, il essaie de mener la résistance au sein de son royaume. Il sera certainement sensible à mon témoignage. Je dois essayer…

– À *notre* témoignage.

Héla le dévisagea, surprise.

– Si tu veux bien de moi, je tiens à t'accompagner. Je ne me sentirais pas tranquille à l'idée que tu partes seule sur les chemins, et deux témoins vaudront mieux qu'un seul. Qu'en penses-tu ?

La jeune fille tenta de le raisonner, de lui exposer les dangers de cette expédition, mais Basty avait réponse à tout. Qu'il en soit ainsi ! Au fond, elle se sentit rassérénée de ne pas avoir à prendre la route seule une nouvelle fois.

Le royaume des Abeilles était à cinq jours de chevauchée de celui des Dragons, mais seulement à deux d'ici (s'ils ne se perdaient pas). Il était sans doute encore temps de les avertir.

Atum, qui les avait vus arriver depuis les écuries, vint à leur rencontre.

– Tout est prêt. Je me faisais un sang d'encre ! Je vous ai préparé deux bons chevaux, robustes et dociles. Ils vous mèneront où vous voulez en toute sécurité, je vous le garantis.

Trois coups venaient de sonner à la grande horloge quand Satis arriva... suivie de Dame Khepri.

Les trois amis restèrent pétrifiés.

– Pas de panique ! les rassura Satis. Dame Khepri est de notre côté. Je l'ai croisée aux Archives pendant que je cherchais la carte. Elle aussi se demandait où était passée Héla. Elle tenait à s'excuser que le Conseil n'ait pas pu l'aider. Quand on lui a dit qu'elle était partie, elle n'y a pas cru non plus.

– Merci, Satis, pour ce compte-rendu fort exact, intervint la professeure.

L'Ancienne se tourna vers Héla en s'inclinant.

– Je vous prie d'accepter les excuses sincères de mon peuple pour ce qu'il s'est passé. Rien n'explique cet attentat contre votre personne, c'est un acte de trahison envers nos valeurs et je ne saurais le tolérer. Soyez assurée que le Conseil prendra ses responsabilités et que les coupables seront sévèrement châtiés. C'est une chose que d'être neutre, c'en est une autre que d'être lâche. Je vous aiderai à fuir dès ce soir.

Elle regarda les quatre amis avec attendrissement.

– Je vois que vous avez tout prévu : chevaux, provisions… Comment comptiez-vous sortir du royaume, au juste ? Je ne sais pas si vous l'avez remarqué, mais il y a deux fois plus de vigies que d'habitude.

Atum eut une mimique embarrassée.

– Je devais faire diversion en allumant un feu dans la cour…

– Parce que vous pensez que toutes les sentinelles quitteront leurs postes pour une grillade nocturne ? Vous n'avez pas une haute opinion de nos hommes, s'esclaffa-t-elle.

Après avoir retrouvé son sérieux, elle continua :

– Je les convoquerai en urgence en prétextant avoir entendu des rumeurs sur l'arrivée d'un messager Dragon.

Vous fuirez à ce moment-là. Je mettrai une chandelle à la fenêtre de mon bureau quand vous pourrez partir sans crainte. Cela voudra dire que toutes les sentinelles seront avec moi. Faites vite, je ne pourrai pas les retenir longtemps.

Les quatre compagnons se confondirent en remerciements. La Dame s'éloigna prestement.

Héla enlaça Satis et Atum de toutes ses forces. Quelle chance elle avait eue de les rencontrer ! Même si elle n'avait pas la force de leur faire de longs adieux, sa sincérité transparaissait à travers son regard.

Elle recommanda Arion aux bons soins du palefrenier, les larmes aux yeux.

Basty avait enfilé un manteau en laine, ainsi que les bottes de voyage que lui avait apportées Atum. Son cheval était prêt et n'attendait plus que lui. Il se tourna vers l'homme qu'il aimait, puis vers sa meilleure amie.

Jamais il n'avait quitté ce château. Tous ses souvenirs se trouvaient ici. Son enfance, ses anniversaires, ses rires, ses pleurs… Pour la première fois, il allait franchir la grande porte et, sans les deux personnes qu'il aimait le plus au monde, c'était bien plus douloureux que ce qu'il avait imaginé.

Atum le tira à lui et le serra de toutes ses forces.

– Fais attention à toi, et reviens entier… Sinon, tu m'obligeras à passer ma vie à te chercher. Je te retrouverai toujours, Basty… Ne l'oublie jamais.

Satis enlaça son ami avec tendresse avant de reculer, refoulant ses larmes.

– Ne traînons pas.

La petite troupe quitta l'abri réconfortant de l'écurie pour plonger dans la nuit du parc, guettant la lueur de la chandelle qui devait donner le départ.

Elle ne tarda pas à apparaître.

Basty enfourcha son cheval avec une certaine agilité, ce qui lui valut un sourire admirateur de son compagnon. Héla fit de même.

– Merci à vous deux ! Je ne vous oublierai jamais.

Comme avec Hermien tantôt, elle devait fuir dans la précipitation. Toute sa vie serait-elle ponctuée de séparations ?

Une boule s'était formée dans la gorge de Basty.

– Je… je…

– On sait, lança Atum. File !

Alors, le jeune Hibou s'élança à la suite de cette femme Corbeau qu'il connaissait à peine.

En cet instant précis, malgré la tristesse qui lui étreignait le cœur, il ne ressentait plus ni appréhension, ni regret, ni doute.

Au fond de lui, il savait qu'il avait pris la bonne décision.

# Chapitre 16

## Une nouvelle étoile

Les deux amis avaient fui à temps. Quelques heures plus tard, juste après que l'horloge centrale eut sonné sept coups, un escadron formé de huit cavaliers se présenta devant la grande porte.

Les princes Claus et Erebe du royaume Dragon venaient en tête, suivis par six de leurs soldats.

Leur expression augurait le pire. La longue marche en montagne y était sans doute pour beaucoup.

Dame Khepri vint à leur rencontre avec sa dignité habituelle.

– Bienvenue dans notre royaume, messieurs. Que pouvons-nous faire pour…

– Vous savez très bien ce que vous avez à faire, l'interrompit Claus d'un geste dédaigneux. Amenez-moi ma presque belle-sœur immédiatement ! Je n'ai pas encore décidé si je la massacrerai ici ou une fois de retour chez nous.

Son interlocutrice pinça les lèvres, mais ne fit aucun commentaire.

– Souhaitez-vous entrer un instant pour vous réchauffer ?

Claus descendit de son cheval et s'avança jusqu'à n'être qu'à quelques centimètres de Dame Khepri. Elle pouvait sentir le souffle fétide du prince sur son visage tandis qu'il reprenait la parole.

– Je n'ai pas la plus petite intention de m'éterniser dans ce trou perdu que vous appelez royaume. Ramenez-moi cette fille sur-le-champ et cessez de me faire perdre mon temps !

Il se recula avec un sourire goguenard, l'œil brillant.

– Dans le trou perdu qui nous sert de royaume, nous appelons cela une menace, répliqua Dame Khepri d'un ton glacial. Vous n'êtes pas ici chez vous, prince Dragon. Tâchez de vous rappeler les usages de vos voisins, sans quoi les répercussions pourraient vous déplaire. Quant au fait que vous préfériez rester dehors, ma foi ! ce ne sont ni mes montures ni mes hommes. Faites comme bon vous semble.

Sur ces mots, elle se retira sans effectuer le salut habituel et rentra dans le bâtiment.

– Si tu pouvais éviter de nous déclencher une guerre…, dit Erebe d'une voix lasse.

Claus se retourna vers lui sans se départir de son rictus. Toutefois, son regard se teintait déjà de colère.

– Je te rappelle, mon cher *frère,* que nous sommes ici parce que tu as laissé filer ta future femme. Tu aurais pu l'empêcher de partir. Regarde où nous en sommes à cause de tes états d'âme chevaleresques ! Tu sais ce que j'en pense, de tes preux sentiments ?

Erebe garda la mâchoire serrée.

– Je ne l'aurais peut-être pas laissée partir si vous m'aviez informé des véritables raisons de nos fiançailles ! se défendit-il. Père et vous avez fait vos arrangements de votre côté… Ne vous étonnez donc pas que j'agisse contrairement à vos plans ! Est-ce que tu te rends compte que j'ai appris cette histoire de « marché » après elle ? Si elle n'avait pas dérobé cette lettre, je n'en aurais sans doute jamais rien su. Est-ce ainsi que tu définis la confiance qu'il devrait y avoir entre nous ?

Il aurait pu continuer ainsi longtemps. Mais à quoi bon ? Parler « morale » avec son frère aîné était aussi vain et harassant que chevaucher plusieurs jours contre un vent froid mordant.

Claus haussa les épaules.

– Tu es trop sentimental, voilà ton problème. Pour commencer, comment cette diablesse a-t-elle appris l'existence de la lettre ? Tu étais chargé de l'enquête et elle n'a abouti à rien… Si j'étais à ta place, les coupables auraient déjà été débusqués et éviscérés en place publique !

Erebe le regarda avec froideur.

– Si tu étais à ma place, tu aurais pu massacrer tout notre peuple que nous ne connaîtrions pas davantage le responsable.

Claus partit d'un grand rire sonore.

– Ma foi, ce n'est pas faux. Mais tu connais mon dicton favori : personne n'est innocent. Leur châtiment aurait été juste, et leurs consciences soulagées. Bon sang ! qu'est-ce qu'ils fabriquent ?

Certes, les Hiboux n'étaient pas un peuple « rapide », et l'exécution d'une tâche leur prenait un certain temps. Néanmoins, quand l'absence d'Héla fut révélée, la panique les fit presque courir : que venaient faire ici les Dragons ? Comment avaient-ils été informés de la présence d'Héla ? Seule une poignée d'Anciens étaient au courant de la duperie. Craignant pour leur vie autant que pour leur statut, ils feignirent donc l'ignorance et le choc, comme leurs compagnons.

Le Conseil fut réuni en catastrophe. On chercha les responsables dans un chaos indicible. Qui avait trahi ? Où était Héla ? Comment était-elle partie ?

Puisque la jeune femme était manifestement introuvable, ils débattirent sur la marche à suivre pendant plus de deux heures avant de se décider, finalement, à convoquer les princes. De toute façon, il était impensable de les laisser sur le perron jusqu'au prochain hiver (quoique l'idée ait séduit plusieurs membres de l'assemblée).

Claus et Erebe pénétrèrent dans la salle dans un silence de plomb.

– J'ose espérer qu'il y a une raison valable à cette attente interminable, grand sage, déclara l'aîné des Dragons. J'attends ma belle-sœur pour la ramener chez nous et le temps commence à me sembler fort long.

Plus aucune trace de sourire n'apparaissait sur ses traits tirés. Peut-être la fatigue l'étreignait-elle autant que la colère.

Éloi siégeait toujours au milieu de la table centrale, même si, de toute évidence, il aurait tout donné pour se trouver ailleurs en cet instant.

– Eh bien… Je dois avouer, à mon grand regret… que nous n'arrivons pas à retrouver mademoiselle Héla. Il semblerait qu'elle se soit enfuie avec l'un de nos apprentis…

Claus prononça une flopée d'injures qu'il n'essaya même pas de réfréner avant de se tourner vers son frère.

– Tu vois de quoi tu es responsable ? Son sens de l'honneur est si profond qu'elle s'est déjà dégoté un nouveau petit fiancé ! Elle n'aura pas traîné pour mettre sa précieuse vertu de côté. Maudis sois-tu, toi et ta sotte faiblesse !

Le père Iset, qui était le tuteur de Basty et l'appréciait beaucoup, se leva et s'exprima d'une voix ferme et claire.

– Hélas, oui, notre apprenti est sans nul doute parti avec mademoiselle Héla. Cependant, vous avez ma parole, il ne s'agit pas d'une histoire de romance. Votre honneur est sauf, prince Erebe. Le jeune garçon en question est intimement lié à un autre de nos apprentis et je peux vous certifier que leurs sentiments sont très forts.

Erebe ne fit aucune réponse mais inclina légèrement la tête pour indiquer qu'il avait reçu l'information.

– Attendez voir… Bien sûr ! s'écria Claus. Faites donc venir ici ce compagnon intime… Amenez donc ses amis et ses proches… Je vais leur faire dire où est partie notre petite princesse fugueuse, et avant une heure on sera fixés !

Le père Iset blêmit.

– Il n'est pas dans nos coutumes de mêler nos apprentis aux affaires du royaume, prince Claus, nous ne pouvons…

– J'ai l'impression qu'ils s'en mêlent très bien sans votre accord. Faites venir ses amis sur-le-champ !

Le doute plana un instant. L'assemblée hésitait sur la marche à suivre, partagée entre crainte et colère. Se faire dicter ses actes par un prince étranger, de mémoire d'Ancien, on n'avait jamais vu ça.

Enfin, le vieil homme qui siégeait encore fit un geste vers la porte. Deux femmes sortirent avec précipitation.

– À la bonne heure ! exulta Claus. Ravi de voir que vous savez vous montrer raisonnables.

Dame Khepri serra les poings et se mordit l'intérieur des joues pour s'empêcher de répondre à la provocation.

Atum et Satis furent amenés peu de temps après. Le jeune garçon avait le visage fermé et l'air déterminé. Son amie paraissait terrifiée mais non moins résolue.

– Voici donc les petits « copains » de ce cher voleur de fiancée, ricana Claus. Eh bien ! ils n'ont pas l'air si redoutables.

Deux paires d'yeux le fusillèrent, ce qui le fit glousser. On aurait pu croire qu'il se nourrissait de la haine et du mépris, tant il semblait satisfait de les répandre autour de lui.

– Apprentis, vous faites partie de l'élite de ce monde et vous êtes destinés à accomplir de grandes choses, déclara

Éloi. Les questions qui vont suivre sont capitales, tant pour votre avenir que pour notre situation à tous, je vous demande donc de réfléchir intensément à chaque réponse que vous nous fournirez.

Éloi avait retrouvé un peu de son aplomb face à ses étudiants. Ces derniers hochèrent la tête en signe d'assentiment.

– Bien. Savez-vous où se trouve votre ami Basty ?

– Non, monsieur.

– Savez-vous où il compte se rendre ?

– Non, monsieur.

– Étiez-vous au courant de son départ ?

– Non, monsieur.

Claus claqua sa langue contre son palais pour signifier son impatience.

Éloi bégaya.

– M-mes enfants, je suis sûr que quelque chose vous échappe. Je vous demande de vous concentrer davantage. D'après vos tuteurs, vous êtes toujours ensemble, tous les trois. Il semble impensable que vous n'ayez été au courant de rien.

– Pourtant, c'est le cas, rétorqua Satis d'un ton sec. Et même si nous le savions, je ne vois pas pourquoi nous devrions le dire devant cet homme. Ne sommes-nous pas censés garder le silence en cas de conflit concernant d'autres peuples ?

Le chef des Anciens déglutit avant de couler un regard vers Claus. Le prince Dragon ne riait plus du tout, à présent.

– Dois-je vous rappeler la somme considérable que nous vous avons offerte en échange de cette gamine ? éructa celui-ci. Pensez-vous que je vais accepter d'avoir fait toute cette route pour la voir nous filer entre les doigts à cause de vos « principes » ?

– Attendez un instant… De quelle somme d'argent parlez-vous ?

Dame Khepri s'était levée, blême. Un murmure réprobateur emplit la pièce.

– Nous en parlerons plus tard, reprit le chef des Anciens, fébrile. Pouvons-nous s'il vous plaît nous concentrer sur…

– Où sont passées nos valeurs ? s'indigna Satis. Notre royaume est censé respecter les autres, écouter, conseiller ! Non seulement vous avez fermé les yeux sur la détresse d'Héla, mais, pire, vous l'avez vendue alors qu'elle nous demandait asile ? Comment osez-vous encore siéger à cette place d'honneur alors qu'il n'en coule pas une once dans vos veines ?

Le vieil homme la regarda avec colère.

– Nous en reparlerons quand vous serez validée, ma chère. Si vous l'êtes un jour… Je ne vous cache pas que vous venez sérieusement de compromettre vos chances.

Le père Iset se rapprocha de Dame Khepri.

– Il me semble cependant que cette jeune apprentie a touché un point crucial. Comment se fait-il que le Conseil dans son ensemble n'ait pas été informé de cette transaction ? Cela s'apparente fort à une trahison…

Les Hiboux s'étaient levés, outrés, et se prenaient à partie les uns les autres bruyamment.

Claus se mit à applaudir sèchement, ce qui eut pour effet de faire retomber peu à peu le silence dans la salle.

– Je suis ravi de voir votre espèce de secte grossière voler en éclats, mais ce n'est vraiment pas ce qui m'importe aujourd'hui. OÙ-EST-PARTIE-HÉLA ? rugit-il.

Personne ne répondit.

– Bien, murmura l'aîné des Dragons. Dans ce cas, en réparation, je vais emmener le tendre compagnon de votre petit fugueur. Une vie pour une vie, c'est le moins que je puisse exiger. Je pourrais même le tuer ici même, devant vous.

En prononçant ces mots, il s'était approché d'Atum et l'avait saisi par le col de sa chemise, la lame de son poignard plaquée contre sa gorge.

– Comment osez-vous ?

– Relâchez-le immédiatement !

– Personne ne leur a donc pris leurs armes ?

Les membres du Conseil s'agitaient, indignés et affolés, sans toutefois oser intervenir, de crainte de mettre le jeune garçon en danger.

Seule Satis, impassible, fixait Claus. Ce dernier soutint son regard.

– Je vois dans tes yeux que tu m'en sais capable, jeune fille, et tu as mille fois raison. Je ne connais pas le remords. Pour la dernière fois : où sont-ils partis ?

Satis semblait hésiter. Atum la supplia silencieusement de se taire, mais ne put retenir un gémissement quand Claus appuya un peu plus sur la lame. Deux gouttes de sang perlèrent de sa gorge.

– Ils vont vers le royaume des Abeilles ! lâcha Satis. Les prévenir que vous voulez leur faire la guerre… Mais vous ne les rattraperez jamais, ils ont trop d'avance sur vous ! Et le peuple des Abeilles se tiendra prêt, j'en donne ma main à couper, déclara-t-elle d'une traite, des larmes plein les yeux.

Un immense rictus fendit le visage de Claus.

– Vous voyez, quand vous voulez… Maintenant, chers

membres du Conseil, je vous prie de m'excuser. J'ai une oie sauvage à rattraper.

Il relâcha Atum et, après une révérence caricaturale, sortit, son frère sur les talons. Ce dernier n'avait pas bronché de toute la scène.

Atum et Satis tombèrent dans les bras l'un de l'autre.

– Pardonne-moi, pardonne-moi…, répétait la jeune fille.

L'Ancien qui présidait le grand Conseil tenta piteusement de rester digne lorsque Dame Khepri tourna vers lui son regard accusateur.

– Je crois qu'il est temps que nous ayons une petite discussion. Vous allez m'expliquer en détail ce qui vient de se produire.

Un murmure approbateur parcourut les fauteuils des sages tandis que le vieil homme se ratatinait sur son siège.

Pendant ce temps, sur le parvis, les deux princes Dragons étaient déjà en train de harnacher leurs chevaux. Leurs soldats attendaient, frigorifiés mais disposés à obéir.

– Je tiens à te féliciter, Erebe, lui glissa Claus. Tu n'as pas tenté de t'interposer lorsque j'ai menacé ce gringalet. Serais-tu en train de devenir raisonnable ?

– À vrai dire, je sais que tu n'es pas assez stupide pour tuer un adolescent devant une salle comble capable de te condamner à mort – ou, pire, de déclencher une guerre. Pour une fois, je dois dire que je t'ai trouvé… plutôt fin.

Claus rit à gorge déployée.

– De ta part, Erebe, je prends cela comme le plus beau des compliments. Et maintenant, que comptes-tu faire ?

Il neigeait à gros flocons ; un léger tapis blanc recouvrait les environs. Il aurait été vain de suivre une quelconque piste.

– Rentrons. Nous ne la rattraperons plus, et nos hommes et nos montures sont exténués. Nous ne pourrons pas les pousser davantage, surtout par ce temps.

L'aîné des Dragons hocha la tête calmement pour montrer qu'il avait déjà pris sa décision.

– Oui, rentrons, et organisons une bonne fois pour toutes l'assaut que nous retardons depuis des années. Cette imbécile d'Aile-Noire tentera sûrement de les avertir de nos plans… Nous devons frapper avant qu'elle n'y parvienne. S'il le faut, nous irons chercher l'invention de sa mère nous-mêmes !

À ces mots, une jeune fille blonde s'avança timidement. Elle tenait Arion au bout d'une longe.

– Excusez-moi, messeigneurs, ce cheval appartient à votre

royaume, me semble-t-il. La demoiselle que vous recherchez est arrivée avec. Il boîte encore un peu, mais il devrait pouvoir faire le trajet si vous le ménagez…

L'animal renâcla quand Claus s'approcha de lui, rebuté par l'odeur de celui qui, naguère, l'avait maltraité.

Le prince héritier passa sa main dans sa crinière, les yeux dans les yeux.

– Alors, c'est toi qui l'as conduite ici, déclara-t-il. C'était prévisible, mon petit frère t'aimait bien. Je ne serais pas surpris qu'il t'ait confié lui-même à cette Corbeau de malheur. C'est plus fort que lui, hein ? Il faut qu'il vienne en aide aux créatures inférieures… Il doit y voir un miroir de sa propre situation, je ne sais pas… Mais il s'endurcira avec le temps. Compte sur moi, il s'endurcira.

Une légère moue, presque tendre, se dessina sur son visage.

– Je te pardonne.

Claus recula, fit quelques pas vers sa monture, décidé à repartir au plus vite, avant de s'arrêter à mi-chemin. Il resta un court instant immobile puis, sans crier gare, se rua sur Arion pour plonger son épée dans l'encolure de l'animal.

L'apprentie, qui tenait encore la longe, poussa un cri et recula d'un bond. Trop tard pour éviter les éclaboussures de sang.

Arion gisait au sol, agité de spasmes. Claus, penché sur

lui, le fixa avidement jusqu'à ce que toute étincelle de vie disparaisse de son regard. Tandis que le prince essuyait son épée, très calme, le compagnon d'Héla et d'Hermien se figea dans la neige.

Le guerrier Dragon se redressa en sifflotant et enfourcha son cheval.

– En voici déjà un qui a ce qu'il mérite. Les autres suivront bientôt.

Et dans un grand rire hystérique, il franchit les portes du royaume au galop, ses hommes sur ses talons.

Erebe resta en retrait quelques secondes. Malgré les années passées aux côtés de son frère, il ne s'était méfié de rien. Il pensait bien le connaître, mais celui-ci venait encore une fois de le désarçonner.

Le liquide rouge se répandait sur la neige immaculée, éclairé par la lueur blafarde de la lune. Erebe se promit de ne plus baisser sa garde. Jamais.

Il partit au galop, laissant derrière lui une jeune fille qui sanglotait sur le cadavre d'un cheval.

Les yeux d'Arion, grands ouverts sur les étoiles, adressaient un dernier message d'affection à ses maîtres qu'il ne devait plus revoir.

# Partie 3

# Les Abeilles

# Chapitre 17

## Arrivée mouvementée

Après un trajet sans encombre, Héla et Basty, éreintés, atteignirent le royaume des Abeilles. Ne sachant pas s'ils étaient poursuivis, les deux jeunes gens avaient décidé d'emprunter des chemins de traverse, quitte à perdre parfois de précieuses heures.

Cette fois, heureusement, la jeune Corbeau n'était pas seule, et elle n'aurait su exprimer la gratitude qu'elle ressentait envers Basty. Sans lui et sa bonne nature, comment aurait-elle surmonté ses nombreux moments de découragement ?

Au petit matin du troisième jour, ils parvinrent enfin devant la grand-porte principale de la ville d'Akuretu, la capitale du royaume des Abeilles.

La cité, ramassée sur elle-même, était entourée d'une muraille fortifiée haute de presque dix mètres et percée de mâchicoulis. Sur le chemin de ronde, qui comptait une petite tour de garde tous les cent pas, des soldats faisaient le guet continuellement.

Les gardes contrôlaient chaque civil ; les deux amis durent s'ajouter à la file d'attente déjà longue malgré l'heure matinale.

– Je ne comprends pas. Je croyais que ce peuple était pacifique. Comment se fait-il qu'ils prennent autant de précautions ? s'étonna Héla.

Basty hocha la tête tout en caressant pensivement son cheval.

– Effectivement, ils n'ont rien de belliqueux. Regarde la façon dont ils tiennent leurs armes ! Je suis certain qu'ils ne savent pas se battre. Les hommes que nous voyons sont sans doute de simples artisans, des paysans… Si tu veux mon avis, c'est symptomatique de ce qui se passe en ce moment. Les dirigeants se rendent compte que la situation leur échappe, et ils veulent reprendre le contrôle. Cela commence par une surveillance accrue de qui rentre ou sort de la ville.

Héla les observa en silence, repensant à ce que lui avait révélé Hermien au sujet de son père et de son désir d'écraser la révolte des Abeilles. Face aux Dragons, à leur expérience de la guerre, ces hommes tomberaient avant même d'avoir pu tirer une flèche !

Elle frissonna, autant de froid que de fatigue. Le climat était plus doux ici que chez les Hiboux, mais sa cape épaisse n'était pas de trop pour la protéger face au vent qui mordait chaque centimètre de peau découverte.

Après une longue heure d'attente, ils parvinrent enfin devant la sentinelle.

– Bonjour, m'sieur-dame. Que venez-vous faire par chez nous ?

L'homme avait un sourire aimable, ce qui détendit un peu les deux compagnons.

– Nous avons un message urgent à transmettre à votre peuple. Pouvez-vous nous conduire à l'un de vos responsables ?

Le garde répliqua par un grand éclat de rire. Entre-temps, deux autres soldats s'étaient approchés.

Héla et Basty se sentaient très mal à l'aise. Pour eux qui ne voulaient pas attirer l'attention, c'était raté !

La jeune fille reprit courageusement :

– Pardonnez-moi, mais je ne vois pas ce qu'il y a de drôle. J'ai une information de la plus haute importance à transmettre à vos dirigeants. J'exige une audience !

Les rires repartirent de plus belle. L'homme en uniforme qui l'avait accueillie sembla avoir pitié d'elle. Il lui répondit avec gentillesse :

– Ma p'tite dame, vous êtes pas ambassadrice, si ?

Héla fut prise de court.

– Euh… non, effectivement, mais ce que j'ai à dire...

L'Abeille lui coupa la parole d'un vague geste du bras.

– Ha ! ha ! ha ! Vous pourriez les informer qu'un démon va sortir du sol qu'ils ne vous écouteraient pas. Ici, ça cause par rang, voyez ? Les paysans avec les paysans, la haute avec la haute.

D'un mouvement de la tête, il désigna les grandes tours du château qui pointaient derrière eux.

– La ville est construite sur plusieurs niveaux, reprit-il sur un ton plus sérieux. Très clairement, z'avez pas la dégaine pour aller dans les niveaux du haut. D'ailleurs, je vous conseille de pas vous y aventurer, sans quoi des Dards vous tomb'raient dessus direct !

Basty, devant la mine interloquée d'Héla, lui fit signe qu'il lui expliquerait plus tard. Cela suffit à Héla pour comprendre que la menace était sérieuse. De toute évidence, il valait mieux ne pas rencontrer ces « Dards ».

– Qu'allons-nous faire ? se lamenta la jeune Corbeau. Nous avons voyagé plusieurs jours, il est hors de question de repartir sans...

C'est alors qu'un homme s'approcha. Il était trapu, tout de noir vêtu, la partie supérieure de son visage dissimulée sous un masque. À son arrivée, les soldats qui étaient venus écouter, curieux, se dispersèrent comme une volée de moineaux. L'interlocuteur des deux compagnons de voyage baissa la tête.

– Matricule 8427, vous avez passé bien trop de temps à vous occuper de ces étrangers. Sont-ils aptes à pénétrer en ces lieux selon les critères que nous avons établis, oui ou non ?

Le soldat inclina davantage le buste.

– Oui, monsieur l'Agent. Ils sont en règle.

Héla retint son souffle. L'homme masqué allait-il réclamer des preuves ?

Par chance, il se contenta d'ordonner sèchement : « Au suivant ! »

– Merci mille fois, souffla Basty en serrant la main du nouveau venu avec chaleur tandis qu'Héla retrouvait un rythme cardiaque normal. Je sais ce que vous risquez en faisant cela, monsieur...

– Mes amis m'appellent Gibil, répondit le petit homme trapu avec un clin d'œil en les conduisant à l'écart. Je connais quelqu'un qui pourra peut-être vous écouter, mais il faudra attendre la fin de mon service pour que je puisse vous y emmener. Je n'en ai plus pour longtemps.

– Bien sûr, déclara Héla avec enthousiasme. Où peut-on patienter sans risquer de tomber sur un « Dard » ?

Gibil lui lança un regard admiratif : à l'évidence, elle comprenait vite.

Il se tourna et désigna du menton un de ses collègues.

– Vous voyez le grand barbu, là-bas ? C'est Nergal. Un brave type, un potier. Il finit son service dans quelques minutes. Allez le rejoindre et dites-lui que Gibil vous envoie. Il vous conduira dans un endroit sûr.

– Un… potier ? s'étonna Héla.

– Oui, ma p'tite dame, répliqua l'homme, amusé. De mon côté, quand je ne suis pas obligé de faire la sentinelle, je suis forgeron.

Nergal fut mis au fait en deux mots et, sans prononcer une parole, leur fit signe de le suivre.

Ils n'allèrent pas très loin. Quelques ruelles derrière, ils trouvèrent une vieille bâtisse servant de vestiaire aux soldats.

Il y avait beaucoup de passage. Les hommes venaient poser ou récupérer leur uniforme, échanger les dernières informations du jour ou bien bavarder, tout simplement. On était loin de l'ordre militaire des Dragons : les gardes s'alpaguaient en riant, criaient et se déplaçaient en bande, joyeux. Flottait dans l'air un climat d'impatience, comme avant une grande fête.

Nergal conseilla aux nouveaux venus de prendre place sur le banc en bois qui faisait l'angle du bâtiment.

– Attendez ici, s'il vous plaît. Gibil est censé nourrir les Mains Jaunes après sa garde, mais je vais lui proposer de le remplacer.

– Nourrir *qui* ?

Le potier n'entendit pas sa question ; il était déjà reparti.

– Basty… Les « Mains Jaunes », les « Dards »… Tu sais ce que c'est, toi ?

Le jeune homme prit une profonde inspiration avant de s'asseoir sur le banc.

– Les « Mains Jaunes », c'est le terme commun pour désigner ceux qui ont été condamnés à une peine d'intérêt général. La sanction est la même pour tous, mais elle varie dans le temps selon la gravité de la faute. Les rebelles doivent cueillir la « mantis », une fleur jaune qui, une fois écrasée, permet de fabriquer un poison mortel.

Il marqua une pause, comme s'il hésitait.

– Ce… ce travail est extrêmement dangereux. Les cueilleurs respirent les vapeurs nocives de la plante toute la journée et, même pour un homme de bonne constitution, tenir trois mois est une prouesse. Alors, imagine un enfant…

Cette fois, Basty s'arrêta pour de bon. La vérité était trop dure à entendre. Héla hocha la tête pour l'encourager à poursuivre.

– Les petits ne sont pas épargnés. Ici, la jeunesse n'est pas une excuse. La faim et le désespoir non plus. Les pauvres doivent leur surnom au fait que leurs mains se colorent de jaune à cause du pollen des fleurs, montrant ainsi à toute la population ce qu'ils sont : des traîtres à leur patrie.

– Quelle horreur…

– Parfois, quand les crimes sont trop graves, les condamnés subissent directement les piqûres des « Dards », les agents que le peuple surnomme ainsi à cause des fioles qu'ils transportent à leurs ceintures.

– Qu'est-ce qu'il y a, dans ces fioles ?

– Le poison extrait de la mantis. La peine de mort est monnaie courante, ici. Le peuple des Abeilles est gouverné par la peur. Et s'ils ne craignent pas pour eux, c'est pour leur famille qu'ils s'inquiètent.

Basty se tut un moment avant de conclure :

– Ce Gibil et son ami doivent être des hommes bons. D'ordinaire, personne ne s'occupe des Mains Jaunes. Ils sont condamnés à mendier ou à exécuter des tâches dégradantes pour espérer gagner de quoi se nourrir. Faire preuve de pitié envers eux serait contredire le régime en place et sa loi.

– Vous êtes de bons gamins, vous… Ça se voit.

Les deux amis sursautèrent. Ils n'avaient pas entendu Gibil arriver.

– Vous… vous avez fait vite, bredouilla Héla. Merci.

Gibil sourit.

– Je n'allais pas vous laisser livrés à vous-mêmes dans une ville inconnue ! Je rends mon uniforme et je suis à vous. Après, je déciderai si ça vaut la peine ou non de déranger celui dont je vous parlais.

Le brave homme fila au vestiaire et en ressortit avec une rapidité étonnante. Toutes les personnes qu'il croisait s'arrêtaient pour le saluer. Il était manifestement très apprécié. Il rejoignit finalement le duo d'amis et les pria de lui raconter la raison de leur venue, non sans s'excuser d'abord.

– Désolé pour le cadre, ce n'est pas très engageant et les gars sont du genre bruyant. Mais cet endroit est neutre, et ici on ne craint rien, ni vous ni moi.

Héla et Basty hochèrent la tête en chœur ; ils comprenaient parfaitement. Ils tentèrent de résumer le plus possible leurs péripéties, mais cela suffit au soldat, qui se retint de ponctuer leur récit d'une flopée de jurons.

– Bon sang, vous ne manquez pas de cran, souffla-t-il en conclusion. Je vous crois, les gamins, et je vais vous conduire à mon ami. Je vous demande pardon à l'avance, parce que je vais vous faire faire pas mal de détours. Pour semer d'éventuels curieux, bien sûr, mais surtout pour que vous ne puissiez pas retrouver l'endroit si, par hasard, on vous le demandait… avec insistance.

Sous-entendu : s'ils se faisaient arrêter, ils risquaient gros. Héla contempla un instant ses mains, les imaginant couvertes de cette poudre jaune. Toutefois elle n'hésita pas longtemps.

– Nous vous suivons !

Pendant près de deux heures, ils arpentèrent les rues de la ville basse. Leurs chevaux avaient été laissés à l'écurie.

Les bâtiments étaient hauts, construits dans un mélange de terre et de bois. Plus ils avançaient, plus la hauteur des foyers croissait. Derrière les fenêtres en bois, on apercevait des rideaux aux tissus élimés. La misère semblait générale.

– Je suis désolé de ne pas vous montrer la plus belle partie du royaume, s'excusa encore Gibil. C'est pas comme ça partout. Le quartier des dirigeants a une autre tête, vous pouvez me croire. Mais ici, on est tranquilles. Les Dards ne s'aventurent jamais trop dans les bas-fonds, à moins d'une descente ciblée. Faudrait pas qu'ils salissent leurs chaussures dans la boue dans laquelle on vit…

Effectivement, si, dans les premières ruelles, ils avaient aperçu plusieurs sentinelles, cela faisait un moment qu'ils n'avaient plus vu la couleur d'un uniforme.

Les gens traînaient dans les rues, bavardant gaiement. Malgré la misère, la vie semblait douce dans ces quartiers, et le nœud que ressentait Héla dans sa poitrine depuis leur arrivée se défit quelque peu.

– En fin de compte, vous faites plus penser à un peuple de fourmis que d'abeilles, fit remarquer Basty.

Le forgeron sourit.

– C'est exactement ce que dit Shen ! Ah, vous allez bien vous entendre, j'en suis sûr.

– Shen ?

Héla regarda Basty avec espoir.

– C'est à lui que je vous conduis. Je dois avouer que j'ai été étonné de vous l'entendre mentionner dans votre récit. Il ne va pas en revenir d'être connu à travers les autres royaumes. Mais il le mérite ! C'est beau, ce qu'il a fait. Nous voilà arrivés, justement.

Le soldat leur fit monter une petite échelle et passer deux bâtiments avant de pénétrer dans une masure identique

– de l'extérieur – à toutes celles de la rue. Celle-ci possédait néanmoins une lourde porte en bois qui semblait très ancienne et se dégondait partiellement.

Le logement, composé d'une seule pièce en vérité, était plus qu'encombré. Deux grands canapés avec une table basse dans un angle, un bureau couvert de piles de documents méticuleusement alignés dans l'autre et, sur tous les murs, d'immenses bibliothèques. Les yeux de Basty s'illuminèrent.

– Satis adorerait cette pièce, commenta Héla à voix haute.

Les deux amis échangèrent un regard complice avant de se tourner vers le jeune homme assis derrière le bureau. Celui-ci affichait une telle surprise que les deux aventuriers se mirent à s'excuser en même temps :

– Pardonnez notre impolitesse, nous ne nous attendions pas à…

– Croyez bien que nous avons les meilleures intentions…

– Vous devez nous trouver bien incorrects…

L'homme, amusé, se leva en faisant un signe de paix.

– Ceux qui ont du respect pour les livres ne peuvent qu'être bienveillants. Et si c'est mon ami Gibil qui vous envoie, alors…

Les deux Abeilles s'étreignirent avec affection.

– Je suis désolé, je n'ai pas grand-chose à vous offrir. Je suis ici incognito, je change de domicile assez souvent…

– … mais monsieur tient à emporter ses livres avec lui où qu'il aille ! Je ne vous raconte pas le plaisir que c'est d'organiser un tel déménagement chaque mois, se moqua le forgeron en ouvrant le minuscule placard qui faisait office de cave, niché dans un angle.

Shen eut un sourire contrit.

– Et encore, je n'ai pas pu tous les conserver… Je m'appelle Shennong Akaname, mais vous pouvez m'appeler Shen. C'est ainsi que me nomment mes compagnons. Je vous en prie, vous devez être fatigués, asseyez-vous ! Puis-je vous offrir quelque chose à boire avec ce que Gibil aura déniché ?

Héla et Basty prirent place dans un bel ensemble sur le canapé voisin et burent avidement les verres que leur servit le forgeron. Ils ne s'en étaient pas rendu compte, mais ils mouraient de soif. La boisson avait un goût plutôt épicé. On devinait un arôme de miel délicieusement désaltérant.

– Shennong… Je m'appelle Héla, Héla Deildegast, du royaume des Corbeaux. Et voici mon compagnon Basty, du royaume des Hiboux. Il paraît que c'est à vous que nous devons nous adresser si nous avons quelque chose de grave à annoncer à votre peuple.

Shen parut surpris. C'était un beau jeune homme d'environ dix-neuf ans, aux cheveux bruns attachés à la hâte. Quelques mèches encadraient son visage et une barbe de quelques jours lui mangeait les joues. Ce qui frappa le plus Héla, c'était cette cicatrice qui marquait son arcade droite et les nombreux bleus qui apparaissaient sur ses bras.

– Je ne représente pas mon peuple, mais si mon ami vous a conduits à moi, c'est qu'il estime que je peux vous être utile. Je vous écoute.

Il remplit à nouveau leurs verres et mit à leur disposition une assiette pleine d'une sorte de beignets.

Héla, secondée de Basty, reprit donc son histoire. Cette fois, ils n'omirent aucun détail.

Le forgeron but, mangea et jura à nouveau en abondance – à la grande joie de Basty qui, à côté, passait pour un garçon tout à fait mesuré. Shen, contrairement à son acolyte, ne les interrompit que pour demander quelques précisions.

La nuit était déjà noire quand le récit toucha à sa fin.

# Chapitre 18

## Vive la révolution !

Héla se resservit à deux reprises de cette boisson chaude et réconfortante, mais sa gorge brûlait encore d'avoir tant parlé.

Une fois le récit terminé, Shen posa de nombreuses questions. Comment avait-elle entendu parler de lui ? Qu'avait dit le peuple des Dragons à son sujet ? Quelle menace pesait sur le royaume des Abeilles ?

La jeune femme s'efforçait d'être le plus claire possible, mais son interlocuteur ne semblait jamais rassasié.

Gibil la prit en pitié.

– Eh, Shen, laisse la princesse respirer, tu veux ? (Depuis qu'il avait appris qu'elle avait été fiancée à un prince Dragon, il l'appelait « princesse » à tout bout de champ.) Elle a assez causé pour ce soir. Ces deux p'tiots ont besoin de repos !

– Je suis sincèrement désolé de vous maintenir éveillée après toute la peine que vous vous êtes donnée pour nous rejoindre, mais j'ai besoin de m'assurer que ce que vous dites est vrai. Notre peuple se bat pour faire évoluer les choses, cela ne vous aura pas échappé. Si nous nous faisons envahir… nous ne pourrons pas mener de front deux conflits.

Shen sourit, confus, et résolut de s'en tenir là pour ce soir.

– Je vous épargne les détails, fit-il en se levant, nous en reparlerons demain. J'ai déjà abusé de votre temps.

– Je vous en prie, racontez-nous votre histoire ! Tant de proches ont risqué leur vie pour que nous puissions vous rencontrer… Nous ne savons pas de quoi demain sera fait. Nous aurons tout le temps de dormir plus tard !

Héla, malgré ses traits tirés, avait parlé avec conviction et sous ses paupières lourdes, ses yeux brillaient d'une lueur déterminée.

Shen se rassit.

– Tout a commencé de manière innocente, comme bien souvent. Au départ, j'apprenais simplement à lire à ceux qui n'étaient pas censés savoir. La lecture est réservée à l'élite, vous comprenez ? C'est mon ami, Ina, qui m'a lancé là-dedans. Et puis il y a eu cette jeune voisine qu'il aimait bien, une enfant curieuse et sacrément futée. Peu à peu, la liste s'est allongée. J'avais désormais une quinzaine d'enfants en apprentissage.

» Un jour, j'ai été retenu par une urgence, un patient malade qui nécessitait une intervention... oui, je suis médecin ! Pardon, je ne l'avais pas précisé. J'ai raté notre rendez-vous habituel. En sortant, je me suis dit qu'avec un peu de chance les enfants m'attendaient encore chez Ina. J'avais même acheté des sucreries pour me faire pardonner.

Gibil pressa l'épaule de son ami. La voix blanche, Shen continua.

– Quand je suis arrivé, il n'y avait personne. Les meubles étaient sens dessus dessous. J'ai retourné la ville pour comprendre ce qui leur était arrivé. Ils avaient tous été condamnés à devenir des Mains Jaunes. Les enfants ont pris six mois, Ina six ans. Aucun n'a survécu.

Héla et Basty, qui ne sentaient plus du tout la fatigue, ne purent s'empêcher de porter la main à leur bouche, horrifiés.

– Ces lois sont criminelles. Créées pour maintenir une poignée d'individus dans une position privilégiée. Qui peut tolérer une chose pareille ? Je me suis juré de tout faire pour y mettre un terme. J'ai organisé des réunions clandestines avec les malheureux parents qui avaient perdu leurs enfants, j'ai essayé de canaliser leur colère, de la rendre utile. J'ai rencontré leurs amis, dont Gibil ici présent. Il m'est vite devenu indispensable, s'exclama Shen en serrant l'épaule de son ami avec affection. Peu à peu, la résistance s'est organisée, on a commencé à voler des armes, on a mené des actions fortes contre les Dards, on en a enlevé certains… et on en a tué d'autres.

» Nos dirigeants ont peur, continua Shen. Ils ne savent pas où les coups vont tomber. Attention ! cela ne veut pas dire qu'on est prêts à renverser le régime. Il reste des puissants à éliminer, de ceux qui font trop peur aux gens pour qu'ils osent agir. On n'a pas assez d'armes, pas assez de protections… mais on avance ! Et, surtout, notre peuple possède désormais quelque chose qu'il n'avait plus connu depuis longtemps : l'espoir d'une vie meilleure. La liste de nos partisans grandit chaque jour.

– À l'écouter, on manque toujours de quelque chose, bougonna Gibil en se resservant un verre.

Shen le toisa d'un air grave.

– Les gens me font confiance. Ils attendent de moi que je les guide vers la liberté, vers un royaume plus juste. Je ne suis pas né pour ça, je n'en ai pas les épaules. Mais ce rêve me hante, et j'ai endossé cette responsabilité... La vérité, c'est que je crains plus que tout de me tromper. Et si, en fait, je les guidais vers la mort ? On ne peut pas agir sans être certains que le succès sera au rendez-vous. Hors de question de risquer la vie de milliers de mes camarades.

Héla vint s'asseoir près de lui, lui prit la main et la serra avec force.

– Vous n'en serez jamais certain. Jamais. Votre cause est juste, votre peuple y croit. Vous portez leur combat mais vous ne décidez pas pour eux, ils vous suivent parce qu'ils le veulent. Tout comme je suis là parce que je l'ai voulu.

Le regard de Shen se perdit un instant dans les yeux noisette d'Héla. À aucun moment, la jeune femme ne cilla. Ces deux âmes brûlaient d'une même ardeur.

Basty se racla la gorge.

– Hum ! Si je peux me permettre, ce n'est pas une révolte que vous préparez. C'est une révolution !

Gibil saisit son verre et le leva dans un grand éclat de rire :

– *À la révolution !*

# Chapitre 19

## La division des Dragons

Tandis que certains chez les Abeilles aspiraient à changer le monde, les Dragons, eux, ne rêvaient que d'agrandir le leur.

Claus et Erebe, de retour dans leur royaume, furent bien obligés de conter leur échec à leur père. Le mécontentement de Géryon dut s'entendre par-delà les frontières de leur domaine.

Sa colère passée, le roi convoqua ses fils dans la grande salle du trône.

Claus, affalé dans un fauteuil, se curait les ongles à l'aide d'un couteau, avec sa tête des mauvais jours. Cette course-poursuite dans la montagne l'avait frustré, surtout qu'il revenait sans son gibier.

Erebe lui faisait face, assis très droit sur sa chaise. Il attendait, vigilant, que le couperet tombe. Mais quand ?

Hermien, quant à lui, se tenait debout contre un pilier, derrière Erebe. Le jeune garçon, quoique toujours silencieux et discret, n'était plus recroquevillé dans un coin. Les yeux rivés sur son père, il attendait qu'il explique enfin pourquoi ils étaient tous ainsi réunis.

Géryon les détailla tour à tour et toussa grassement avant de prendre la parole.

– Mes fils, je vous ai réunis car j'ai pris une lourde décision. Vous êtes l'avenir de notre royaume. Vous avez un rôle à jouer dans cette bataille qui nous attend.

Erebe se raidit.

– Une bataille ?

Géryon tapa du poing sur la table.

– Oui, une bataille ! Notre peuple n'a jamais fui un affrontement. Dans l'éventualité où ils auraient été prévenus, nous devons agir au plus vite. Nous ne devons pas prendre le risque qu'ils se renforcent.

– Mais, Père… Même s'ils établissaient une meilleure défense, ils n'auraient jamais la force de porter une attaque sur notre royaume ! Leurs murailles les protègent mais ils n'ont aucune tactique militaire.

Claus ricana, ce qui interrompit Erebe dans son plaidoyer.

– Seigneur, mon frère, tu es si… mou ! Tu veux la vérité ? Pourquoi les laisserions-nous monter une armée ou ériger une muraille alors que leurs terres pourraient être à nous ? Jusqu'à présent, ils nous fournissent de quoi manger en échange de notre « protection ». Pourquoi passer par ce biais de négociation alors que nous avons le pouvoir de tout posséder directement ?

– Ces terres sont à des kilomètres d'ici. C'est bien pratique d'avoir des bras qui travaillent pour nous, qui nous nourrissent. Pourquoi nous en amputer ? s'impatienta Erebe. Nous ne parlons pas d'une tribu de nomades, que je sache, mais de plusieurs milliers d'hommes qui sauront trouver l'énergie de défendre leurs foyers.

– Des hommes aussi fragiles que des fillettes, soupira Claus. On les battra aisément, mais seulement si nous cessons de tergiverser, si nous cessons d'être faibles comme tu l'es !

– Ta faiblesse à toi, Claus, c'est de croire qu'un homme ne vaut que par son habileté au combat.

La voix d'Hermien avait retenti, claire, depuis l'arrière de la salle.

– Tu ignores tout des autres motivations humaines, c'est ce qui causera ta perte.

– Tu me menaces, misérable asticot ?!

Claus avait déjà dégainé son épée. Hermien le défiait du regard, sans bouger, les yeux brûlant de mépris.

– Paix, mes fils ! gronda Géryon. J'ai besoin que vous soyez soudés contre notre ennemi commun, pas que vous vous entretuiez !

– Père, je ne me battrai pas contre des innocents, vous ne pourrez pas m'y contraindre.

– Oh, c'est ce que tu crois…

Le roi eut un regard mauvais assorti du même rictus que celui de son fils aîné.

– Tu viendras, Hermien ! Je veux mes trois fils réunis auprès de moi pour cette conquête qui inscrira notre royaume dans l'Histoire de ce monde.

– T'es-tu demandé sous quelle légende il y entrera ? questionna Erebe d'une voix tendue par la colère. Si nous perdons, nous…

Géryon le coupa sèchement :

– La défaite n'est pas une option. Nous n'avons jamais perdu et nous ne commencerons pas aujourd'hui. Tant pis pour cette arme de malheur, ce sera au tour des Corbeaux après celui des Abeilles. Notre peuple a besoin de sang. Je saurai mener mes hommes comme jadis ! Préparez vos affaires, nous partons dans trois jours.

Claus lui-même eut l'air surpris.

– Trois jours ? Mais l'arme serait un atout majeur, c'était notre plan initial ! Nous les réduirons en esclavage et nous annexerons leur royaume, mais pour assurer notre supériorité, nous avons besoin de…

– Ne sommes-nous pas un peuple de soldats ? Nous partirons avec les hommes qui seront prêts. Les autres nous rejoindront avec leurs généraux respectifs. Nous donnerons le premier assaut par surprise et, le temps qu'ils s'en remettent, notre armée sera complète. Peut-être n'aurons-nous même pas besoin de toutes nos troupes pour vaincre. Vous verrez ! Notre légende nous précédera et notre rage sur le champ de bataille les terrifiera tant qu'ils se rendront avant même d'avoir combattu.

– Voilà un beau discours de vainqueur, Père ! s'enthousiasma Claus, oubliant instantanément ses réserves. Allons exterminer ces Abeilles de malheur !

Le père et le fils aîné sortirent de la pièce en riant, bras dessus, bras dessous.

Erebe et Hermien demeurèrent dans la salle.

– Nous devons les en empêcher, dit finalement Hermien pour rompre le silence qui s'était installé.

Son frère soupira.

– Qu'y pouvons-nous ? En plus d'être notre père, Géryon est le roi, et Claus son héritier. Nous n'avons d'autre choix que de les suivre…

– Qui l'a décidé ?

– Hermien…

– Erebe, mon frère, tu es un homme bon. Tu as toujours veillé sur moi, tu as fait de ton mieux pour me protéger, tu fais toujours en sorte de protéger tout le monde… Ne penses-tu pas que l'action est parfois plus efficace que la défense ?

Hermien s'approcha de son aîné et leva la tête vers lui. Du haut de ses quinze ans, il était encore bien plus petit, mais il n'y avait aucun doute : il n'était plus un enfant.

– Tu ferais un bon roi, Erebe. Tu es un homme juste.

– Hermien, ne serait-ce que penser cela s'apparente à de la trahison. Je ne pourrais pas te protéger contre tout...

– Si, tu pourrais.

Le jeune garçon lui pressa le bras, comme pour lui montrer qu'il le soutiendrait quoi qu'il arrive, et se retira rapidement de la pièce.

Erebe resta seul dans cette salle immense pendant un long moment.

Dans trois jours, ils partiraient à la guerre. Une guerre qu'il ne souhaitait pas.

Ses pensées dérivèrent un instant vers la jeune femme qu'il avait failli épouser. Il soupira. Pourvu qu'il ne la croise pas de l'autre côté du champ de bataille !

# Chapitre 20

## Souvenir lointain

Les jours suivants furent intenses chez les Abeilles.

Le brave docteur ne perdait pas une minute de son temps. Il organisait avec une rage redoublée la résistance à une possible invasion, sans oublier les soins accordés aux Mains Jaunes. Un roulement était quotidiennement organisé pour s'assurer que ces pauvres gens aient à manger et disposent des premiers soins nécessaires. Au grand dam de son entourage, Shen se rendait souvent sur place. S'il se faisait remarquer, le gouvernement ne se donnerait pas la peine de le condamner à cueillir la maudite fleur ; il serait tué instantanément. Mais il continuait à s'y rendre quand même, souriant avec gentillesse aux mises en garde de ses proches.

Héla et Basty logeaient chez Gibil, à présent. L'atelier du forgeron étant un lieu de grand passage, Shen estimait qu'ils avaient moins de chance de s'y faire repérer.

Ils avaient été accueillis à bras ouverts par la femme du forgeron, Tiamat, qui passait son temps à leur donner à manger. En parallèle, elle s'occupait des quatre petites sœurs de son mari tout en effectuant son métier de couturière, sans jamais se plaindre. Cette femme était pleine d'une énergie positive qui réchauffait le cœur de quiconque la fréquentait.

Les deux Hiboux s'efforçaient de se rendre utiles. Pendant que Basty aidait à l'inventaire des provisions pour les Mains Jaunes, stockées dans la réserve du forgeron, Héla secondait Gibil, qui avait reçu l'ordre de fabriquer des flèches quelques semaines plus tôt.

– Je n'aurais jamais cru qu'il était si difficile de fixer des plumes…, laissa échapper Héla en reprenant son souffle.

Elle était si concentrée qu'elle retenait sa respiration à chaque pose.

– Et comment ! Si elles sont positionnées de travers, ta flèche partira partout sauf là où tu veux l'envoyer.

– Un peu comme toi quand je veux que tu ailles prendre un bain, en somme…

Tiamat, qui s'était glissée en douce dans la pièce, repartit aussitôt en riant.

– Tu sais quoi, Héla ? Cette femme…

Gibil mit la main sur son cœur.

– … elle me rend plus riche que le plus haut des seigneurs.

Les deux amis sourirent, attendris, mais cette douce scène fut interrompue par un son de trompe qui retentit dans toute la ville.

– Qu'est-ce que c'est ? Qu'est-ce qui se passe ? bredouilla Basty.

Il avait manqué de faire tomber au sol une caisse pleine de bocaux.

– L'Alerte… Je pensais pas l'entendre un jour… Nous sommes envahis !

Gibil attrapa Héla et lui retira la flèche qu'elle avait dans les mains.

– Vous ne pouvez pas rester là, tous les deux. On va venir me chercher d'un instant à l'autre pour que j'aille me préparer. Ils ne doivent pas tomber sur vous ! Retournez chez Shen en passant par les quartiers chics, vers l'est, le chemin que je vous ai montré hier. Il n'y aura pas d'agitation, là-bas.

– Comment serait-il possible qu'il n'y ait pas d'agitation ?

– Chez les Abeilles, seuls les rangs inférieurs combattent. Nous sommes considérés comme une perte « acceptable »... et surtout facile à compenser. C'est pour cela que nous sommes si nombreux. Les rangs élevés vont se terrer chez eux et n'en sortiront qu'à la fin du conflit.

La voix de Tiamat avait à nouveau résonné près de la porte. Elle ne contenait plus aucune trace de rire.

Gibil se tourna vers sa femme, le regard plein d'une tendresse infinie.

– Je reviendrai, tu sais que je reviens toujours. Rien sur cette Terre ne me séparera de toi. Je ne le permettrais pas.

Basty et Héla échangèrent un regard, impuissants.

– Filez, vous deux, chuchota Gibil. Nous nous reverrons après la bataille. Dites à Shen de me mettre une bonne bouteille de côté !

Les deux amis commencèrent à sortir, mais Héla, prise d'une soudaine illumination, fit demi-tour et serra Gibil dans ses bras tout en lui murmurant à l'oreille :

– Le roi des Dragons combat toujours en tête de ses troupes. Comme tous ses hommes, il porte une armure en fer-blanc qui ne laisse que la moitié de son visage à découvert. Faites bien attention à son plastron ! Il est le seul à avoir un dragon gravé dessus. Si vous arrivez à le tuer, vous arrêterez la bataille, si ce n'est la guerre. C'est un soldat féroce, mais il vous sous-estime tant qu'il est incapable d'imaginer que l'un d'entre vous ait une quelconque stratégie.

Gibil lui colla un baiser sonore sur le front.

– Eh bien, princesse, on va lui montrer de quoi les Inférieurs sont capables !

# Chapitre 21

## Le combat est proche...

Les soldats se regroupaient de manière bien différente de part et d'autre de la muraille.

Les combattants Abeilles ne savaient même pas contre qui ils allaient se battre. Que leur voulaient ces envahisseurs ? Pourquoi les attaquait-on ?

Les dirigeants n'estimaient pas qu'ils avaient à les informer. Ils devaient se battre, point. Ils étaient là pour ça.

La rumeur courait qu'un émissaire s'était rendu sur le campement ennemi pour parlementer. Il était revenu avec leur réponse. On l'avait renvoyé négocier. Sa tête seule leur avait été retournée.

Les quartiers riches de la ville semblaient comme hors du temps. Pas un chat ne traînait dans les rues et, si on apercevait certains visages effrayés aux fenêtres, ils se cachaient bien vite. C'était si simple de ne pas voir.

Fermiers, artisans, boutiquiers... Tous revêtaient leurs armures et empoignaient les armes distribuées par les Dards, qui cochaient sur leurs formulaires quel matricule recevait quel type d'équipement.

Chaque arme était trempée dans le liquide mortel des fleurs extrait par les Mains Jaunes. Le poison n'était pas immédiat mais, s'il pénétrait dans la chair, la diffusion se faisait en quelques minutes. Un récipient était posé entre chaque archer, de manière à ce qu'ils puissent tremper leurs flèches entre chaque tir.

L'armée avait effectivement un air d'essaim d'abeilles avec ces touches de jaune un peu partout.

Gibil avait eu de la chance : il avait reçu une lourde masse, et il était très efficace avec les armes à deux mains. Son armure était un peu petite pour sa large carrure, mais il s'en sortait mieux que certains de ses amis.

Du côté des Dragons, on était plus sereins. Leurs rangs étaient organisés, et chaque homme maîtrisait l'art du combat.

C'était tous des soldats de formation. Enfin… presque tous.

Le prince Hermien, adossé contre un arbre en bordure du campement, surplombait la ville à quelques kilomètres à peine. D'ici, il pouvait voir l'agitation des Abeilles et il sentait leur peur.

Erebe lui serra l'épaule, ce qui le fit sursauter.

– J'ai réussi à négocier avec Père pour que tu restes là. Tu n'auras pas à nous accompagner pendant l'assaut.

Comme par magie, les épaules du garçon semblèrent se libérer d'un poids immense. Obéissant à une impulsion soudaine, il se jeta dans les bras de son frère.

Son aîné, peu habitué aux marques d'affection, se retrouva bien embarrassé. Il lui rendit brièvement son accolade.

– Merci.

Les yeux d'Hermien brillaient d'un mélange de gratitude et de tristesse.

– J'aimerais tant que, toi aussi, tu puisses choisir ce qui te rend heureux…

Erebe lui ébouriffa les cheveux avec un demi-sourire comme on n'en voyait que trop rarement sur son visage.

– Ce qui me rend heureux, c'est de savoir que tu ne risqueras rien. Je me sens plutôt optimiste, tu sais ? Ta confiance a dû rejaillir sur moi. Tu m'as donné envie d'avancer.

Hermien marqua un temps d'arrêt.

– Je… je suppose que tu sais d'où m'est venue cette confiance subite ?

Le visage d'Erebe se ferma instantanément. Il fit mine de reculer.

– Attends ! Je ne veux pas te froisser. Je sais que parler d'elle t'est pénible, mais… Si tu peux la protéger, est-ce que tu le feras ? C'est… c'est une femme bien. Elle a su me montrer de quoi j'étais capable. Elle n'a jamais voulu te blesser. J'espère que tu le sais.

Un bref hochement de tête lui répondit.

– À sa place…

– Il suffit, Hermien, le coupa Erebe, qui avait retrouvé son ton sec et froid. Comme tu l'as dit, je ne souhaite pas en parler.

Il fit mine de s'éloigner, avant de s'arrêter quelques pas plus loin, le dos tourné.

– Néanmoins, je t'en donne ma parole : si je la vois et qu'elle n'est pas blessée, je m'emploierai à la ramener saine et sauve.

Le benjamin de la famille n'eut pas le temps de le remercier. Le son d'une trompe résonnait déjà. Les hommes de son père rugirent d'impatience. Enfin, le combat était proche !

Le roi sortit de sa tente dans son armure rutilante, son plastron blanc illuminé par le soleil. Un instant, Hermien le vit comme le voyaient ses soldats : un seigneur imposant, un guerrier implacable qui les avait menés tant de fois à la victoire.

Les Abeilles sortaient de la citadelle en contrebas pour se placer face à eux. À cette hauteur, ils ressemblaient à de minuscules insectes, mais leur nombre était déjà impressionnant.

Géryon se mit en selle, Claus et Erebe à ses côtés. Ses généraux n'attendaient qu'un signe de sa part. Pendant un instant, le souverain se sentit invincible.

– Mes amis ! Aujourd'hui, je ne vous demande pas de vous battre pour un lopin de terre, pour la fortune ou pour des femmes…

Quelques ricanements lui parvinrent.

– Aujourd'hui, je vous fais combattre pour la légende. Depuis trop longtemps, nous subissons ces insectes, nous veillons sur eux, nous les protégeons, et tout ça pour quoi ? Les chefs de ce peuple ne sont même pas capables de mater une révolte de pacotille. Tant pis pour eux. Nous allons leur montrer comment, nous, nous nous y prenons. Et ils nous supplieront à la fin de les prendre pour esclaves.

Nous inspirerons le monde, nous leur apprendrons la force, la guerre ! L'immortalité vous attend en bas de cette colline. Je vais vous mener à elle et, à vos côtés, l'arracher à leurs cadavres !

Des cris d'allégresse lui répondirent.

– Suivez-moi, Dragons, faites honneur à votre royaume, faites honneur à votre roi !

Géryon partit au grand galop, suivi de ses deux fils et de son armée.

Hermien tenta de fixer dans sa mémoire les visages de ces hommes. Beaucoup, il le savait, ne reviendraient pas.

Son père était un bon chef, et il savait cacher ce qui devait l'être. Les Abeilles, en contrebas, n'avaient ni beaux discours ni chef charismatique, mais ils étaient chez eux. Leurs familles se tenaient derrière la forteresse. Le ventre noué, ils étaient animés d'une rage sourde, nourrie par les injustices qu'ils subissaient au quotidien. Comment en accepter une de plus ?

Son père était un bon chef, oui… mais il sous-estimait largement le désespoir de ses ennemis.

Les archers bandaient déjà leurs arcs en haut des remparts.

Les Mains Jaunes, comme prévu, étaient en première ligne, terrifiés.

Gibil se tenait près de la muraille avec ses plus proches compagnons, épaule contre épaule. Leur concentration était palpable.

Le forgeron regarda l'homme à cheval dévaler la colline avec son armée. Il savait ce qu'il avait à faire.

Dans le lourd silence qui précédait la bataille, il pria les dieux de lui donner assez de souffle de vie pour y parvenir.

# Chapitre 22

## Le prix d'une vie

Les Dragons déferlèrent sur les hommes postés devant la forteresse telle une immense vague. Ils balayèrent les premières lignes sans difficulté, emportés par la vitesse et par la rage.

Mais de nouveaux soldats Abeilles jaillissaient continuellement des deux portes en métal qui entouraient le pont-levis.

Du haut de la colline, Hermien avait le sentiment étrange que le nombre de leurs adversaires *augmentait.* Comment aurait-il pu deviner que les personnes disposées en avant-poste n'étaient que de la chair à canon ? Des Mains Jaunes « sacrifiables » à merci, qui acceptaient la mort avec une sorte de résignation sereine, presque soulagés de ne plus avoir à traîner ce fardeau.

Gibil, lui, le savait. Il s'était porté volontaire pour faire partie des premiers groupes, et ses amis les plus proches l'avaient suivi sans hésitation. Néanmoins, il avait choisi leur position de manière astucieuse : massés près de la porte, derrière une butte de terre, ils étaient sûrs de ne pas subir la violence du premier assaut.

Le forgeron observa ses compagnons. Leurs visages effrayés n'avaient rien perdu de leur détermination.

Hachiman, Ebisu, Isanagi, Marduk… Ils se connaissaient depuis l'enfance et, bien qu'ils aient suivi des parcours différents, ils avaient toujours été liés par une profonde amitié, comme des frères. Au fond, ils avaient toujours su que leurs destins resteraient liés.

Quand Gibil leur avait raconté l'imminence de la bataille, ils avaient frémi, ils avaient tremblé, mais ils l'avaient suivi sans sourciller. Il y avait de quoi être ému, à les voir là, recroquevillés derrière ce pauvre amas de terre qui ne les protégerait pas longtemps.

Dire que, peut-être, il allait en perdre plus d'un ! Mieux valait ne pas y penser. Ces hommes valeureux méritaient d'assister à la victoire. Ils méritaient de retrouver leurs familles.

Gibil renifla un grand coup et leur pressa l'épaule chacun leur tour.

– Vous savez ce que vous avez à faire, les gars. Bottons-leur leur cul royal et tout sera fini !

Hachiman, et ses beaux yeux bleus qui faisaient craquer toutes les demoiselles.

Ebisu, et sa longue cicatrice sur le menton (qu'il prétendait issue d'une glorieuse bataille, alors qu'il s'était coupé en se rasant après avoir entendu le cri d'un oiseau).

Isanagi, harcelé à cause de son bégaiement jusqu'à ce que Gibil corrige les importuns de telle façon que plus jamais ils n'osent ne serait-ce que poser les yeux sur lui. Depuis, il était devenu comme son ombre.

Et puis Marduk, passionné par les expériences étranges.

Tous, si différents et si semblables, levèrent leur pouce avec un sourire.

Ils sortirent de leur abri, groupés autour de Gibil, organisés sans le vouloir en formation militaire, non par expérience mais par amitié.

Le forgeron avait pour mission de repérer le roi. Ils cherchèrent pendant ce qui leur sembla durer des heures ; en vérité, seules quelques minutes s'étaient écoulées.

À mesure que les corps s'amoncelaient autour d'eux, Gibil se maudit d'avoir entraîné ses amis là-dedans. Étant donné leurs statuts respectifs, ils auraient pu patienter à l'intérieur encore quelques heures, peut-être même jusqu'à ce que la bataille se termine, peut-être que...

Argh ! À quoi bon ressasser ? Mieux valait se concentrer sur le chaos qui régnait alentour.

En chemin, les soldats improvisés venaient en aide aux Abeilles en détresse, qui à leur tour se joignaient à leur bande. Ils formaient désormais un groupe d'une quinzaine de personnes qui s'accrochaient désespérément les unes aux autres pour avancer.

Fatalement, un tel rassemblement ne pouvait passer inaperçu. Des guerriers Dragons firent voler leur formation en éclats, dispersant la plupart des hommes.

Ebisu tomba le premier, une lance plantée dans le ventre. Il n'eut pas le temps de comprendre, il ne souffrit pas.

Les dents serrées, Gibil continua à avancer. Hachiman s'effondra à son tour, ses beaux yeux bleus tournés vers le ciel, remplis de terreur.

Gibil tua son assassin avec rage. Qu'était-il venu faire dans cette souricière ? Pourquoi avait-il eu cette idée ? Il avait causé leur mort, il en était responsable, il...

Soudain, il le vit. À peut-être cinquante pas.

Une armure blanche couverte de sang, le symbole sur le poitrail.

Le roi.

Instinctivement, Marduk et Isanagi se placèrent de part et d'autre de Gibil. Ils savaient ce qu'ils avaient à faire. Ils progressèrent lentement, ralentis par les cadavres entassés et par les soldats qui se battaient partout alentour.

Les soldats Abeilles qu'ils croisaient, comme mus par une même intelligence de guerre, comprirent à leur démarche décidée que quelque chose d'important était en train de se produire. Ils aidèrent de leur mieux à libérer le terrain pour faire en sorte qu'ils avancent indemnes.

Gibil vit passer un marchand qu'il avait toujours considéré comme un sombre crétin. Ce dernier, avec un clin d'œil, bondit sur un Dragon qui faisait mine de venir sur eux.

Le forgeron se promit de l'inviter à dîner, si jamais ils en réchappaient tous les deux.

Vingt pas.

Malgré les efforts de chacun, Marduk reçut une flèche dans l'œil. Il glissa lentement contre son ami, lui adressant un dernier sourire avant de s'éteindre.

Gibil et Isanagi échangèrent un regard. Nul besoin de mots. Ils se placèrent dos à dos et continuèrent à marcher.

Ils y étaient. Si proches, quelques mètres à peine. Le roi leur tournait le dos. Mais il se battait avec vigueur, c'était un grand guerrier. De front, Gibil n'avait aucune chance. Il sentit une larme rouler le long de sa joue. Il n'allait quand même pas échouer si près du but !

C'est alors qu'Isanagi le prit dans ses bras.

– Ga-gagne cette guerre pour nous, mon f-frère.

Avant que le forgeron puisse réaliser ce qui se passait, il fit quelques pas pour attaquer le seigneur Dragon par-devant.

Oh, il ne tiendrait pas longtemps, quelques secondes tout au plus. Mais c'était suffisant pour que Gibil agisse.

Quand son épée transperça le corps fragile du jeune soldat Abeille, Géryon se sentit plus puissant que jamais. Il tuait ces insectes à la chaîne, sans faiblir. Décidément, il était le plus grand soldat que la Terre ait porté depuis des années.

C'est sans doute la dernière pensée logique qu'il formula avant qu'un énorme coup de masse lui explose le crâne.

Le temps sembla s'arrêter.

Les Dragons les plus proches fixèrent le corps encore agité de spasmes de leur seigneur. Sans leur maître, ils étaient perdus.

Des cris jaillirent de part et d'autre du champ de bataille :

– Retraite, repliez-vous ! Le roi est mort, repliez-vous !

Les hommes en armure, perplexes, obéirent et repartirent vers la colline où était établi leur campement.

Certains vinrent emporter le corps du roi. Ils ne cherchaient plus à se battre.

Les Abeilles ne tentèrent pas non plus de prolonger le combat. Ils savaient obscurément que la bataille était terminée, qu'ils l'avaient gagnée.

Grâce à un homme.

La rumeur s'était vite répandue à travers les rangs. Déjà, les Abeilles avançaient vers Gibil pour le porter en triomphe jusqu'à leur forteresse, mais ils le trouvèrent à genoux, serrant contre lui le corps ensanglanté d'un jeune garçon.

De lourds sanglots secouaient ses épaules. Un cri bestial, de pure souffrance, sortit de ses poumons.

Il leva la tête vers le ciel et maudit tous les créateurs de ce monde. Il maudit les Hommes, il maudit leur existence.

Il avait perdu bien plus qu'un roi, lui. Il avait perdu ses amis.

Les soldats Abeilles pleuraient désormais, groupés autour de lui. Trop de malheurs avaient eu lieu aujourd'hui. Trop de morts, trop de souffrances.

Quand Gibil réussit à se calmer, il se releva et marcha lentement vers la ville, *leur* ville. Il était temps de rentrer chez eux. Tous le suivirent dans un silence religieux.

À peine Gibil eut-il franchi la porte qu'un Dard lui réclama sèchement son arme.

– Vous pourriez lui parler mieux que ça ! s'indigna un soldat derrière le forgeron. C'est grâce à lui que le roi d'en face a passé l'arme à gauche !

L'homme en noir lui jeta un regard méprisant et réitéra sa demande.

Un autre de ceux qui avaient combattu les Dragons prit la parole. Son énorme moustache lui prenait la moitié du visage.

– On vous demande de changer de ton. Vous pouvez quand même faire cet effort-là, non ?

– Attention, soldat 6846, je vous conseille de surveiller vos manières…

Le Dard approcha sa main de sa ceinture… et reçut une flèche en plein front. L'homme s'écroula, la bouche formant un « O » de surprise.

Celui qui avait tiré était posté sur le rempart, au-dessus de la porte. C'était un brave homme, un artisan. Sans histoire et aimé de tous.

– Il est temps que tout cela s'arrête ! Nous venons de gagner une bataille. *Nous* l'avons gagnée, pas eux ! s'écria-t-il.

Il pointa du doigt la tour dorée qui surplombait la cité.

– Nous méritons d'être considérés. De quel droit ne pourrions-nous pas diriger nous-mêmes nos vies ? Gibil est un héros et il doit être traité comme tel. Il est temps de…

Il ne put finir sa phrase. Un Dard lui avait planté sa seringue dans le cou et il tomba, mort, au sol. Des cris d'indignation montèrent dans la foule.

La voix sèche du Dard les coupa.

– Cessez ces simagrées et rentrez dans le rang IMMÉDIATEMENT, sans quoi cela ira très mal pour vous et vos familles. Notre cité, notre royaume, nous les avons bâtis pour vous apporter un équilibre, un idéal ! Qui êtes-vous pour mettre cet équilibre en péril ?

Silence dans l'assemblée. L'atmosphère était semblable à celle qui annonçait un orage. Crépitante et chargée de colère.

Alors, Gibil fit un pas en avant. Il défia du regard l'homme qui se tenait au-dessus de lui et cracha à ses pieds, avec une rage qu'il ne cherchait plus à dissimuler.

– Je suis un citoyen. Et si ça ne te convient pas, c'est p't'être à toi de dégager.

Des hurlements d'allégresse lui répondirent. Pour la première fois, les Dards semblaient presque… affolés.

Les Abeilles avaient gagné une bataille aujourd'hui, mais une seconde allait se jouer à présent, plus importante encore.

Ils avaient défait leurs envahisseurs. Maintenant, ils allaient devoir gagner leur liberté !

Gibil fit un petit signe à un adolescent qui patientait à l'angle d'une ruelle. Ce dernier se rua vers lui, comme s'il savait qu'il allait jouer un rôle dans l'Histoire. Le changement était pour bientôt.

– Va prévenir le docteur Shen, il est sûrement à l'hôpital militaire. On va avoir besoin de lui !

Le forgeron serra sa masse. En attendant l'arrivée de son ami, il était prêt à se salir les mains. Encore.

# Chapitre 23

## Le roi est mort – Vive le roi !

Tandis que les Abeilles tentaient de reprendre leur monde en main, les Dragons, eux, avaient le sentiment de voir le leur s'écrouler.

Le corps du roi avait été ramené dans sa tente. La grande table, débarrassée des cartes et projets de bataille pour y déposer provisoirement la dépouille royale.

Que faire ? se demandait Erebe. Le roi devait être enterré dans leur royaume. Il ne pouvait pas être abandonné ici, sur des terres étrangères. Il fallait également penser à la succession. Le couronnement de Claus aurait lieu dans la précipitation…

Et qu'allait-il advenir de la guerre entamée ici ?

Les questions pullulaient dans l'esprit du prince alors qu'il franchissait le voile de la tente de feu son père. Hermien était déjà là. Il avait guetté l'arrivée des soldats et avait appris la nouvelle très rapidement.

Les yeux rouges et gonflés, secoué de sanglots, le jeune garçon courut dans les bras de son aîné.

Erebe le serra fort contre son torse, lui caressant les cheveux maladroitement pour tenter de le calmer.

– Pourquoi pleures-tu, petit frère ? lâcha Claus qui entrait à son tour dans la chambre royale. Il ne t'aimait même pas.

Il se positionna au-dessus du corps de son père, retira le drap tendu sur la dépouille et déposa un baiser sec sur son front. Quand il se retourna vers ses frères, il avait un grand sourire aux lèvres.

– Nous le leur ferons payer, ne t'inquiète donc pas. Père avait des ambitions pour notre royaume, je dois le reconnaître, mais il ne voyait pas assez grand. Pourquoi se limiter aux Abeilles ? Pourquoi tenter de les asservir ? Ils ont tué notre roi, ils méritent de mourir. Tous. Et nous planterons leurs fleurs jaunes mortelles partout sur leur terre de manière à empêcher toute vie de s'y installer à nouveau. Plus aucun homme Abeille ne vivra quand cette guerre sera terminée !

Hermien leva un visage inquiet vers Erebe qui tenta, comme à son habitude, de tempérer leur frère aîné.

– Nous avons besoin de cette terre, Claus. Je te rappelle qu'elle est notre réserve de nourriture. Et nous avons besoin d'hommes pour la cultiver. Ton projet est…

– Tu as l'esprit si fermé ! Quel est notre royaume ? Quel animal nous représente ?

– Le Dragon…, répondit Erebe, circonspect.

Où Claus voulait-il en venir ?

– Précisément. Et que mangent les Dragons ?

Pour une fois, Erebe resta sans voix. Ce fut Hermien qui répondit, hagard.

– Tu... tu veux que nous mangions nos semblables ?

– Ce ne sont pas nos semblables, justement, ricana Claus. Nous sommes des Dragons, des prédateurs, les plus grands qui aient jamais existé. Qu'attendons-nous pour le redevenir ? Renouons avec nos origines, montrons-nous enfin dignes de nos légendaires ancêtres !

Le futur roi, de ses deux mains, poussa le corps de son père, prêt à le faire tomber de la table. Ses deux frères, effarés, le virent déployer une grande carte de la région. La carte des prochains assauts.

– Hermien ? J'aimerais que tu sortes, s'il te plaît.

Erebe avait prononcé cette phrase d'un ton bienveillant mais sans appel. Le jeune garçon s'exécuta, une boule d'angoisse au creux de la gorge.

Le prince puîné s'approcha à pas lents de son frère, dont le discours n'avait désormais ni queue ni tête, concentré qu'il était sur sa carte.

– Tu sais que nous devons rentrer pour enterrer Père et te consacrer roi, Claus. Les hommes ne te suivront pas si tu manques à tes devoirs.

L'aîné, sans se retourner, fit un geste désintéressé de la main.

– Ils me suivront. J'ai mes arguments pour ça.

Un rire sans joie sortit de sa gorge, suivi d'une forte quinte de toux qui lui fit perdre le point qu'il était en train d'essayer de marquer.

– Argh ! Regarde ce que tu m'as fait faire ! rugit-il en déchirant la carte.

C'était le moment qu'attendait Erebe. Quand son frère fit volte-face, prêt à lui jeter les restes du document à la figure, il le trouva tout proche de lui, une drôle de lueur dans le regard.

– Que...

Sans attendre, Erebe lui planta son poignard dans le ventre.

– J'aurais voulu éviter ça, crois-moi, dit-il en lui pressant l'épaule. En tant que frère, j'ai tout fait pour te soutenir, et j'aurais pu supporter davantage malgré toutes les horreurs que tu prévois d'accomplir. Mais en tant que prince, je ne peux te laisser faire. J'aime notre royaume, et je dois le protéger, même si cela revient à damner mon âme et à tuer quelqu'un de mon propre sang.

Le regard de Claus se perdait dans le lointain. Difficile de savoir s'il écoutait ce qu'Erebe disait. Des larmes coulaient au coin de ses yeux. Son sourire si caractéristique n'avait jamais été aussi éclatant.

Il se pencha sur son frère pour lui souffler à l'oreille :

– Penses-tu être capable de faire mieux ? Tu as moins de courage que Père ou moi-même n'en avons jamais eu. Mais tu nous ressembles, et tu n'y changeras rien. Avec toi comme roi, notre peuple ne s'élèvera pas.

Il avait de plus en plus de mal à respirer. Il se laissa glisser à terre, accompagné dans son mouvement par son cadet, qui n'avait toujours pas retiré sa main de son arme.

– Tu as raison, Claus. C'est pour cela que ce n'est pas moi qui deviendrai roi. Je compte abdiquer.

– Mais alors…

N'y tenant plus, inquiet de ces longues minutes de silence, Hermien pénétra dans la tente. Le pauvre retint avec peine un cri d'horreur.

Erebe se tourna vers lui et inclina légèrement le buste.

– Salue ton futur roi avant de mourir, mon frère.

# Chapitre 24

## Une fin, ou un départ ?

Trois jours avaient passé depuis la bataille entre Abeilles et Dragons. Trois jours, et les deux peuples n'étaient fondamentalement plus les mêmes.

Le meurtre de Claus avait été déguisé en suicide. Les soldats s'étaient-ils montrés crédules, ou étaient-ils simplement soulagés ? Toujours est-il qu'à l'exception des proches de la famille, personne n'avait posé de questions. La faute, sans doute, aux mœurs douteuses des Dragons : sans témoin, un meurtre n'en était pas un et il était fréquent que des « accidents » de ce genre surviennent lors d'un changement de chef.

Le fait qu'Erebe ne cherche pas à régner et laisse sa place à son cadet avait certainement joué dans cette confiance relative que leur portaient leurs hommes. Ils sentaient confusément que les choses allaient prendre une tournure différente et, pour la majorité, ils attendaient ce renouveau avec impatience.

Le peuple des Abeilles, d'abord conduit par Gibil, put mener sa révolution interne sans trop de résistance, à sa plus grande surprise.

Les dirigeants, à l'abri dans leur bulle dorée, étaient persuadés que ce qui s'agitait au-dehors n'atteindrait jamais leur monde. Et pourtant, les avertissements avaient été nombreux.

Bientôt, le forgeron fut rejoint par son ami Shen, qui prit la tête du gouvernement temporaire. De longues réunions furent organisées pour définir avec l'ensemble du peuple quel mode de vie il souhaitait.

Les rues étaient animées, les gens heureux. Vers quel avenir marchaient-ils ? Ils l'ignoraient, mais la confiance était revenue.

Enfin… pas pour tout le monde. Les castes élevées regrettèrent aussitôt l'ancien régime. Qu'allait-il advenir d'eux, s'ils devaient se mêler à la populace ? Quoi qu'il en soit, puisqu'ils avaient toujours eu le réflexe d'obéir, ils continuèrent, le cœur enserré d'une rage sourde.

Dans la grande tente blanche dressée à mi-chemin entre le campement des Dragons et la ville des Abeilles, Hermien et

Gibil se serraient la main. Un traité venait d'être signé : un traité de bonne entente et d'entraide.

Héla, dans un coin de la tente, n'en avait pas cru ses yeux quand elle avait vu le jeune Dragon entrer. Après être tombés dans les bras l'un de l'autre, ils s'étaient posé des centaines de questions. Grâce à eux, l'ambiance s'était aussitôt radoucie.

Gibil souriait au jeune roi avec tendresse ; son air bourru le rendait attachant, et Hermien l'avait spontanément apprécié.

Il ne s'était pas démonté en apprenant que c'était lui qui avait mis fin à la vie de son père.

– Nous étions ennemis à ce moment-là. Mon peuple vous avait envahis, vous vous êtes défendus. Je pleure mon père, mais je suis en désaccord avec ce qu'a fait mon roi.

Erebe avait une expression de triomphe sur le visage. Il avait pris la bonne décision.

Basty, retrouvant son instinct de Hibou, avait noté tout ce qui s'était dit durant l'échange. En voyant tous ces gens autour de lui, il eut une grosse bouffée de nostalgie en pensant à l'homme qu'il aimait, à sa meilleure amie et à son royaume tout entier.

Une fois l'accord officiel signé, Héla alla s'asseoir près du jeune rouquin et mit la tête sur son épaule.

– Qu'est-ce que tu vas faire, maintenant ?

Basty appuya sa tête sur la sienne.

– Je vais rentrer chez moi. Je me sens plus fort que je ne l'ai jamais été, je dois bien le dire. J'ai hâte de raconter ça à Atum et Satis. Ils me manquent tellement ! Je n'ai pas vraiment eu l'occasion de penser à eux, ces derniers temps et, aujourd'hui, leur image me revient en mémoire avec une force inégalée. Je meurs d'envie de les serrer contre moi, tu n'as pas idée !

Héla sourit.

– Oh, si, je crois… Tu leur diras que je pense à eux de tout mon cœur ?

– Et si tu venais avec moi ? Tu es la bienvenue, tu sais ?

– Je sais, répondit-elle avec douceur.

La jeune femme regarda les personnes présentes dans la tente.

Hermien lui avait immédiatement proposé de rentrer avec lui. Il voulait lui donner un poste de conseillère. Shen et Gibil lui avaient également proposé une place dans leur royaume.

Et maintenant, c'était au tour de Basty...

Elle serra la main de son ami et lui sourit.

Quand Héla sortit de la tente, le soleil se couchait. Les Dragons préparaient leurs affaires ; ils rentreraient dans leur royaume dès l'aube.

Chacun allait reprendre sa vie, ses projets, ses ambitions, et elle...

– Alors, vous rentrez chez vous, finalement ?

Erebe s'était placé à ses côtés, discrètement, comme il le faisait toujours.

Héla lui sourit timidement. Le souvenir de leur dernière entrevue avait le goût amer du regret.

– Oui. Il me tarde de retrouver ma mère et de la rassurer. Cela dit, je ne sais pas combien de temps j'y resterai. Le royaume des Corbeaux va me sembler bien petit comparé à tout cela… !

Elle planta ses yeux dans les siens.

– Ce que vous avez fait est admirable. Hermien sera un grand roi et votre acte est à la mesure du bien qu'il fera, j'en suis certaine.

– Je n'en doute pas.

Quand il sourit, il n'y avait aucune rancune dans son regard. Elle se sentit néanmoins obligée d'aborder le sujet.

– À propos de ce qu'il s'est passé… quand je suis partie, ce soir-là… Ce n'était pas contre vous, je vous le jure. Pour être honnête, j'ai apprécié nos entrevues, mais je ne pouvais pas… je ne pouvais vraiment pas…

Erebe leva la main pour l'interrompre.

– Je le sais, ne vous inquiétez pas. J'ai fini par comprendre, depuis. J'ai ressenti une grande colère après votre départ, de la déception, aussi. Mais quand j'ai appris ce qui vous avait poussée à agir ainsi, je dois avouer… vous avoir admirée.

Héla s'attendait à tout, sauf à ça. De l'admiration, pour elle, la fille Corbeau qui l'avait abandonné au pied de l'autel ?

– Cela étant dit, je suis ravi d'apprendre que vous avez apprécié nos entrevues.

Le prince souriait maintenant franchement et la jeune femme devint rouge comme une pivoine.

– Je vous souhaite bonne route, Héla Deildegast. Puissent tous mes vœux sincères vous accompagner – et je sais que ceux de mon frère se joignent aux miens.

Erebe, qui avait commencé à s'éloigner, s'arrêta pour faire face à la jeune femme.

– Oh, et, mademoiselle ? Si un jour, vous souhaitiez une nouvelle « entrevue »… Sachez que je vous l'accorderais avec le plus sincère des plaisirs.

Il inclina le buste avec respect et s'en retourna vers son peuple, la laissant légèrement interdite.

Au loin, Shen observait Héla avec un sourire en coin tandis que Basty, Hermien et Gibil discutaient avec animation.

Pour la première fois depuis bien longtemps, la jeune Corbeau se sentit à sa place.

Dragons, Hiboux, Abeilles... Loin des préjugés qu'on lui avait inculqués, elle avait rencontré des personnes extraordinaires, découvert des contrées fantastiques qu'elle n'aurait jamais pensé visiter un jour – et combien en restait-il encore à explorer ?

Ses dieux seuls, peut-être, auraient été capables de dire ce qui l'attendait. À cet instant précis, pourtant, tandis que le soleil disparaissait lentement à l'horizon, elle se sentait prête à relever tous les défis.

# FIN

# Lettre à cœur ouvert

Chère lectrice, cher lecteur,

Je suis tout intimidée au moment d'écrire ces lignes puisque, si tu me lis actuellement, c'est que tu as terminé ce roman sur lequel j'ai travaillé pendant deux ans. Pardon, je te tutoie, j'espère que cela ne te chafouine pas. Oui, je dis « chafouiner ». J'adore les mots tarabiscotés ! J'en invente même parfois, mais je t'épargnerai cela pour aujourd'hui ☺

Enfin, je me disperse. C'est tout moi, mais je vais faire un effort pour rester concentrée !

Je disais donc : deux ans. C'est le temps qu'il m'a fallu pour écrire le premier jet, puis le retravailler sur les précieux conseils des charmantes éditrices que j'ai côtoyées pour ce projet. Je n'ai pas été touchée par le « syndrome de la page blanche », pourtant, sur les deux ans, c'est bien la réalisation du premier jet qui m'a pris le plus de temps. J'avais du mal à m'imposer un créneau et je repoussais souvent avec angoisse les moments de retrouver mes personnages, sans trop comprendre d'où cette peur me venait. Sans doute celle de ne pas être à la hauteur ?

J'ai fait des études de lettres et je suis une lectrice passionnée depuis mon enfance. Mais comment oser écrire un roman quand son auteur favori (le seul et unique Victor Hugo) nous délecte de chacune de ses phrases ?

Mais je ne suis pas Victor Hugo, juste une femme de 31 ans portée par la volonté de partager une histoire avec des personnages qu'elle a appris à aimer. Réaliser ce simple fait a été très libérateur.

La phase de réécriture m'a semblé tellement évidente en comparaison de cette période !

Je suis vidéaste de profession, ce qui veut dire que mon métier est de produire des vidéos et de faire des directs sur différentes plateformes. Je suis ce qu'on appelle une « youtubeuse » et je suis extrêmement fière et heureuse de faire ce métier.

Néanmoins, ce roman, je ne voulais pas le signer de mon pseudo.

Déjà parce que Tiboudouboudou, ben, c'est très long ! (Navrée, je ne vous expliquerai pas l'origine de ce nom ici, ou je vais repartir sur un autre roman.) Mais surtout parce que j'ai écrit en tant que Marie-Line. Ce roman, c'est un peu mon bébé. Et tu l'as lu ! Je ne m'en remets pas.

J'ai envie de te poser un millier de questions... As-tu aimé Hermien autant que moi ? As-tu souri devant la maladresse de Basty ? As-tu eu aussi peur de Claus que moi ?

Ton avis, très chère lectrice, très cher lecteur, est toujours extrêmement important pour moi. C'est avec ce désir d'échange que j'ai commencé à réaliser des vidéos sur YouTube, puis sur d'autres plateformes. Je voulais rencontrer des personnes ayant les mêmes centres d'intérêt, mais aussi des gens susceptibles de me faire découvrir de nouvelles passions.

C'est pourquoi je vois ce livre que tu tiens entre les mains comme une autre passerelle entre nous.

Ainsi, n'hésite pas à me dire ce que tu as pensé de ce roman.

Ton avis m'est précieux, ton ressenti aussi. Tu comptes beaucoup pour moi et je te remercie de tout mon cœur d'avoir eu la curiosité de découvrir cette histoire.

Je te souhaite le meilleur et j'espère te croiser très vite pour pouvoir discuter avec toi de ces personnages maintenant si chers à mon cœur.

À très bientôt,
Marie-Line

# Table des matières

## Partie 1

## Les Corbeaux et les Dragons

# Partie 2

## Les Hiboux



# Partie 3

## Les Abeilles

Si tu as aimé ce roman,
tu devrais adorer :

# La Prophétie d'Ulysse

de David Pouilloux

Tome 1

*Le Réveil du monstre*

Tome 2

*La Colère des dieux*

Achevé d'imprimer en août 2021 par Rotolito en Italie
Numéro d'édition : J21285
Dépôt légal : octobre 2021

PEFC
PEFC/18-31-103
Certifié PEFC
Ce produit est issu de forêt gérées durablement et de sources contrôlées
www.pefc.it